文春文庫

想い出すのは

藍千堂菓子噺

田牧大和

文藝春秋

想い出すのは　藍千堂菓子噺

目次

扉絵　鈴木ゆかり

主な登場人物

藍千堂
晴太郎――気弱だけれど心優しい菓子職人で藍千堂の主。
幸次郎――晴太郎の弟。キレ者で藍千堂を仕切る番頭。
茂市――晴太郎と幸次郎の父の片腕だった菓子職人。
佐菜――娘のさちと二人暮らしだったが、晴太郎に嫁いだ。
さち――佐菜の連れ子。訳あって五歳で晴太郎の実の娘ということに。

清右衛門――江戸でも屈指の上菓子屋、百瀬屋の二代目。晴太郎兄弟の叔父。
お糸――清右衛門の娘で、晴太郎兄弟の従妹。幸次郎に思いを寄せる。
尋吉（千尋）――百瀬屋の手代。
お早（千早）――百瀬屋の女中。尋吉の双子の妹。
伊勢屋総左衛門――薬種問屋の主。晴太郎兄弟の父の親友。
岡丈五郎――南町定廻同心。藍千堂の焼き立ての金鍔が大好物。

想い出すのは

藍千堂菓子噺

序　晴太郎、怒る

神田は相生町《あいおいちょう》の片隅にある小さな上菓子司《じょうがしつかさ》『藍千堂《あいせんどう》』は、主《あるじ》にして職人の晴太郎《はるたろう》、晴太郎の弟で店の商いや客あしらいを一手に引き受けている幸次郎《こうじろう》、兄弟を生まれた頃から知っている職人の茂市《もいち》、三人で営んでいる。

美味い、美しい、嬉しい驚きがある、と評判をとっている店だ。

その兄弟が生まれ育ち、茂市も職人として腕を振るった大店《おおだな》『百瀬屋《ももせや》』が、いきなり傾いたのは、去年の冬のことだ。

続く騒動の挙句、兄弟の叔父で主の清右衛門《せいえもん》が、倒れた。

心労のせいか、頑《かたく》なな性分が祟ったか、あるいは、一人娘を窮地に追い込んだのが自分だと知らされた衝撃か。中気《ちゅうき》——頭に血が溢れる病を患い、命は助かったものの、右手と右足が利かなくなった。味も分からなくなった。

『百瀬屋』の職人は、指図がなければ動けない。そういう職人しか、清右衛門が置かなかったのだ。

奉公人が減り客足が遠のき、『百瀬屋』はかつての賑《にぎ》わいを失った。

そんな中、清右衛門が愛宕山《あたごやま》の診療所で静養することが決まった。梅の花が綻《ほころ》び始めた浅い春のことだ。

菓子職人としても、大店の主としても使い物にならなくなった自分は、『百瀬屋』と妻子の邪魔にしかならないと考えたのだという。

晴太郎も幸次郎も、叔父の身体の為にも、『百瀬屋』の為にも、それがいいと考えた。

自分が関われない店を目の当たりにするのは、中気という病に障《さわ》るだろうし、『百瀬屋』の有り様を変えようとしている一人娘、お糸《いと》にとっても、清右衛門の目がない方が、やりやすいはずだ。

ただ、主が去った後の店をどうするのか、叔母のお勝《かつ》とお糸の母娘の女所帯は、何かと物騒ではないか。

そんな心配をしていたところへ、『百瀬屋』の番頭、由兵衛《ゆへえ》が血相を変えてやってきた。

「亭主と共に、愛宕山で暮らす」と言い出したお勝を止めてくれ、と。

幸次郎と二人、急いで『百瀬屋』へ向かった。

清右衛門に聞かせるのは良くないと、客の気配のない店先で話をすることにした。

お勝とお糸に向かい合って、晴太郎と幸次郎が腰を下ろす。

重く硬く張り詰めた人間達を他所《よそ》に、ひと回り大きくなった子猫のくろが、お糸の膝の上でぐうぐうと、喉を鳴らして甘えている。

温かみのある黄色の目が、くりくりして可愛い。

念のため、と店を閉めた由兵衛が、母娘の少し後ろに控えるのを待ちかねたように、お勝が頑なな顔で言った。お糸の方をちらりとも見ないままで。

「もう、決めたことなの。私がうちのひとについて行って、世話をしなければ」

晴太郎は、怒りで震えた。その怒りのまま、口を開く。

「お糸を、叔母さんの娘を、ひとりにするつもりですか。どうしようもなく傾いた『百瀬屋』を、お糸だけに背負わせるつもりですかっ」

普段出し慣れていない大声を出して、頭がくらりと回った。

お勝の顔色が、変わった。

「そんな、つもりじゃ――」

「その先は、言わないでください」

ぴしゃりと、晴太郎はお勝の言葉を遮った。

先より更に大声で喚き、息が上がる。

怒り慣れていないというのは、難儀なものだ。

そんなつもりじゃなかった、だと。

それじゃあまるで、お糸のことなど全く頭になかった、と言っているようなものだ。

お糸は、仕方ない、という顔で静かに微笑んでいる。

腹の底から、熱い塊がせり上がって来る。

清右衛門の気持ちは、分からないでもない。

清右衛門は、もう菓子に携わることは出来ない。もし自分だったら、穏やかでいられるとは思えない。利かない手足を助けてくれる者だって欲しい。慰めだって欲しい。

そう、晴太郎は思っていた。

だからと言って、お糸をひとり残して行くなんて。

愛宕山なら、何も一緒に移らなくても、様子を見に行くことだって出来るじゃないか。

どこまで、お糸を傷つければ気が済む。

どこまで、二親《ふたおや》の不始末をお糸に背負わせれば、気が済むのだ。

父親のくせに。母親のくせに。

晴太郎の愛娘《まなむすめ》、さちの眩《まぶ》しい笑顔が、目の前にちらつく。

たとえ自分の体が利かなくなっても、さちがお糸の歳頃になっていても。

あの娘をひとりにするなんて、出来る訳がない。

「兄さん。少し落ち着いて。ほら、ちゃんと息をしてください」

傍《かたわ》らの幸次郎に、とん、とん、と背中を二度軽く叩かれ、晴太郎は我に返った。

弟の、男らしく整った顔を眺め、遅まきながら気づく。

いつもなら、自分より先に怒るのは、幸次郎の筈《はず》だ。冷ややかな視線と言葉で、淡々と、完膚《かんぷ》なきまでに相手をやり込める。

幸次郎は、腹を立てれば立てる程、舌鋒《ぜっぽう》が冴えわたるのだ。

晴太郎は、これまで一言もしゃべっていない弟を、ちろりとねめつけた。

「そういう幸次郎は、随分大人しいじゃないか。いつもと違って」

ひょい、と幸次郎が小首を傾げた。

その昏《くら》く据《す》わった目に、ぎくりとする。

幸次郎は、清々しい声で告げた。

「ああ、すみません。『百瀬屋』をどうやって乗っ取ってやろうか、考えていました」

晴太郎は、咄嗟《とっさ》に言葉が出てこなかった。

にこやかな幸次郎の佇《たたず》まいと、その口から零《こぼ》れた物騒な言葉が、まるで釣り合わない。

お勝が顔色を失くした一方、お糸は切れ長の目を見張ったのみだ。

従兄《にい》さんったら、何を言い出すのかしら。

というほどの驚き方で、まるで本気にしていないのがよく分かる。

お勝が、口に手を当て、震える声で呟く。

「やっぱり、お前達」

お糸は怯《おび》えた母を、憐れむような目でそっと見た。

当代清右衛門は、先代の息子である晴太郎幸次郎兄弟を追い出し、『百瀬屋』を乗っ取った。

悔しかったし、哀しかった。父母に申し訳ないとも思った。

でも、晴太郎は菓子づくりができれば、それでよかった。父の味は自分が継いでいけばいいと考えていた。

幸次郎はかなり腹を立てていたし、叔父夫婦を恨んでいた。それでも、自分達の『藍千堂』を当代『百瀬屋』に負けない店にしようと奮闘はしても、ただの一度も乗っ取ろうとしたことはなかった。陥《おとし》れて潰そうとしたことさえ、なかった。

娘のお糸はそれをよく分かっているのに、お勝は分からないらしい。

自分達がしたことは、他人だってする。

そう思うのは仕方ないかもしれないが、なんとも切ない。

切ない、と思ったのは晴太郎だけで、幸次郎は静かに、叔母が放った「やっぱり」に、憤りを感じたようだ。

だが、お糸のことはどう思っているのか。心配はしているのだろうけれど。

「幸次郎」

晴太郎が、語尾を上げて問いかけると、弟は涼しい顔をして言葉を継いだ。

「主は病と向き合うことで手一杯。御内儀《おないぎ》はそんな亭主大事、店も家も用なしだという。だったら、私達が貰って何の障りがあるんです。おまけに、やっぱりと言われてしまいましたから、ご期待に添いましょう。こんな立派な菓子司、勿体ないじゃありませんか。ああ、そうだ。まずは、主の身内がお糸ひとりじゃあ、色々と物騒だ。『大事な従妹《いとこ》』に、何かあってからじゃあ遅い。早々に、腕に覚えがあって信の置ける女人《にょにん》を探さなければいけませんね。伊勢屋《いせや》さんは、こちらに腹を立てたままですから、当てにはできないし。岡《おか》の旦那か、いっそのこと、松沢《まつざわ》様にお願いしてみるのはいかがでしょう」

確かに、「腕の立つ女人」はいい考えだ。

晴太郎は頷いた。

「岡の旦那」は、顔見知りの定廻《じょうまわり》同心、岡丈五郎《じょうごろう》だ。「松沢様」は『藍千堂』の贔屓《ひいき》客の旗本。跡継ぎ、松沢荘三郎《そうざぶろう》の奥方、雪《ゆき》は小太刀の使い手で、晴太郎の恋女房、佐菜《さな》に目を掛けてくれているし、お糸とも知己《ちき》だ。

どちらに頼むのがいいか、と考えかけたところで、ようやく我に返る。

あまりにも、幸次郎がすらすらと話をするので、すんなりその気になりかけたが、色々、とんでもない話ではないか。

「あ、あのね。幸次郎。そういうことじゃなく」

きょとんとした顔で、幸次郎が晴太郎を見る。

「では、どういうことですか」

晴太郎は、ちらりと母娘を見てから、ふう、と息を吐き、幸次郎に向かって言った。

「ここは、叔母さんに残って貰った方が、いいんじゃないのかい」

幸次郎が、微笑んだ。

「私と兄さんがここまで言っても、娘に詫《わ》びの言葉ひとつないお人に、ですか。大体、兄さんが先に怒ったんですよ」

それを言われると、言葉に困る。つくづく、慣れないことをするものではない。

かなり腰が引けながら、それでも晴太郎は怖い弟に言い返した。

「その、お糸だって見ず知らずのお人を家に入れるより、おっ母《か》さんと暮らしたいだろう」

ふむ、と弟が小さく頷いた。

「たしかに、お糸がどうしたいか、訊《き》いていませんでしたね。それは、いけない。お糸、お前、このまま叔母さんと暮らしたいかい」

驚いたことに、お糸は静かに、けれどはっきりと首を横へ振った。

傷ついた顔をしたお勝に、幸次郎のせいで萎《しぼ》みかけた憤りが、またふつふつと湧き上がる。

お糸を見捨てるような真似をしておいて、お糸に見捨てられるのは嫌だって、なんて勝手な。

母の顔つきに気づいたお糸が、小さく笑って告げた。

「おっ母さんと、一緒に暮らしたくないっていうことじゃないのよ。そりゃ、今まで通り、側《そば》にいて貰った方が心強いし、寂しくない。でも、おっ母さんは、病を抱え、知らない場所でひとりになるお父《と》っつあんが、心配なのでしょう」

お勝は、答える代わりに、「お糸」とひとり娘の名を呼んだ。

亭主が娘より大事なのだとは、晴太郎は思いたくなかった。お勝がお糸をとても大事にしてきたことは、晴太郎だって分かっている。

亭主の身を、ひたすら案じているだけだ。

清右衛門の中気の病が出たのは、お勝との言い争いの最中だったのだそうだ。

きっと、自分が切っ掛けのように思えて、気が咎《とが》めてもいるのだろう。

お糸が言葉を続けた。

「無理に残って貰っても、毎日、いつだって、気が気じゃないはずよ。そんなおっ母さんを見るのは辛いし。それに、おっ母さんがお父っつあんについててくれるなら、私も安心して『百瀬屋《みせや》』に打ち込める」

何か言おうとしたお勝を遮るように、幸次郎が言った。

「だそうですので、娘も店も奉公人も、纏《まと》めて放り出して、ちゃっちゃと叔父さんと愛宕山へ籠って下さい。後は、私とお糸が引き受けます。ああ、乗っ取りの話は、ほんの嫌がらせの軽口ですので、本気になさらないように」

『百瀬屋』を指して、「こんな立派な菓子司」と言った時にも、随分声に棘《とげ》があったけど、あれも軽口かい。

晴太郎は、口に出さず弟に訊いた。

少し長い静けさの後、お勝が再び、お糸を呼んだ。

その声には、寂しさやら申し訳なさやら、そして安堵やらが入り混じって、小さく震えていた。

いいのかい、とはどうしても訊けずにいる。そんな風に唇を噛《か》む母に、たくましい娘は朗らかな笑みで、大きく頷いた。

店の外まで見送りに出てくれたお糸が、幸次郎に静かに告げた。

「幸次郎従兄さんの気持ちは嬉しいけど、助けは要らないって、言ったはずよ」

落ち着き払っているように見えて、微かに笑みが硬い。

幸次郎は、先刻まで漂わせていた、底知れない恐ろしさをすっかり消して、お糸に応じた。

「ああ、分かってる。『百瀬屋』の商いや菓子に口を出すつもりは、ない。だが、奥向きのことは、従兄《いとこ》として力にならせてくれ。何かあったら寝覚めが悪いし、その方が、お前も店に打ち込めるだろう」

幸次郎がお勝へ向けた言葉を、お糸にも繰り返した。

でも、「寝覚めが悪い」は酷《ひど》いじゃないか。

そう思ったが、「幸次郎の手は借りない」と決めたお糸が助けを求めやすいようにという、幸次郎なりの気遣いなのだろう。だから、晴太郎は口を挟まずにおいた。

幸次郎の内心に気づいたらしいお糸も、困ったように笑った。

「そうね。正直に言えば、とっても助かる。おっ母さんの様子じゃあ、お父っつあんに付き添ってもらうしかないとは思ってたけど、ちょっと心細かったから」

幸次郎が、にこりと笑った。

「急いで探して貰うよ。なまじの男より腕が立って、お糸と気の合いそうなお人をね。それから、使える手代も、あとひとり、ふたり、いた方がいいだろう。それも、こっちで見繕っておくけど、銭にゆとりはあるかい」

菓子づくりから客あしらいまで、些細なことも叔父が全て指図していた『百瀬屋』の商いは、どうなっているのだろう。

店の様子からして、客足は戻っていないようだが、菓子の注文は少しはあるのだろうか。あったとして、残された職人達の手に負えないのではないか。

お糸の決心を考えると、訊きたいが訊けない。幸次郎のように、上手い言い訳も思いつかない。

だが、お糸はあっさり幸次郎に答えた。

「番頭さんに訊いてみるけれど、大丈夫だと思うわ」

お糸の話では、贔屓客の旗本が知己に声をかけ、菓子の注文を回してくれているそうだ。

「百瀬屋の総領娘が、恋に目がくらみ盗人を自らの店に引き込もうとした」という、根も葉もない噂は、梅の綻びと共に聞かなくなっていた。岡や医者の久利庵《くりあん》が、こつこつと噂を打ち消してくれているらしい。

残った職人は皆、店の古株で、茶席を彩る手の込んだ誂《あつら》え菓子は手に余るが、羊羹《ようかん》や薯蕷饅頭《じようよまんじゆう》など、常に『百瀬屋』で扱っていた上菓子なら、清右衛門叔父の指図がなくてもどうにかこなせている。

そんなこともあって、細々とだが、菓子をつくって売り始めているそうだ。

幸次郎が、頷いた。

「分かった。見つかったら、暫《しばら》く『藍千堂《うちどう》』で働いて貰って様子を見るのも、いいかもしれませんね、兄さん」

「あ、ああ、うん。そうだね」

いきなり話を振られ、慌てて返事をしながら、晴太郎は、再び息の合った遣り取りを交わし始めた二人を、見比べた。

幸次郎は、お糸を「大事な従妹」だと言った。お勝に「後は、私とお糸が引き受けます」とも。

お糸はお糸で、婿になるはずだった男を看取って間もない頃の、思いつめて頑なだった様子がほどけて、幸次郎の申し出をすんなり受け入れている。

もう、二人は所帯を持ってしまえばいいのじゃないか。

晴太郎は、こっそり考えた。

帰ってから、『百瀬屋』へ腕の立つ女人を、という話をしたところ、佐菜と茂市に酷く呆れられた。

佐菜には、

「お前様、幸次郎さん。二人とも、勇ましいお雪様を目の当たりにしておいでだから、軽く考えたのかもしれませんが、腕の立つ女人で町方の用心棒になってくれるようなお人なぞ、そうそうおいでにはなりませんよ」

と窘《たしな》められ、茂市には、

「晴坊ちゃまはともかく、幸坊ちゃまは、少しばっかり迂闊《うかつ》でございましたね」

と、溜息を吐かれた。

「ともかく」って、なんだ、とは思ったけれど、その通りなので、晴太郎は黙っていた。

幸次郎も、珍しくばつが悪そうにしていた。

雪を頼ってみたところ、少し困った顔をされたものの、「他ならぬお糸のためです。探してみましょう」と請け合ってくれた。

そうして、梅の香りが市中のそこかしこに漂う頃、清右衛門とお勝は、『百瀬屋』にお糸を残し、愛宕山の診療所へ移って行った。

『百瀬屋』主は、清右衛門叔父のままにしておくことになった。

叔父は、お糸にこう言ったのだそうだ。

――店は、お糸の好きにしなさい。お前への風当たりがほんの僅かでも逸らせると思ったら、その時は、いくらでも清右衛門の名を使えばいい。文句は愛宕山へどうぞ、とな。そのためだけの、「主」だ。

父の変わりように、お糸は嬉しいというより、戸惑ったようだ。

『百瀬屋』の奥向きには、昔からお糸に付いていて、騒動の後も只ひとり残った女中のおよねの他、「お糸お嬢様を任せられるお人がみつかるまでは」と、番頭が寝泊まりしてくれることになった。

先代の頃から番頭を務めてきた由兵衛は、当代清右衛門を立て、目立たず大人しくし続け、それが身についてしまっているが、元来は、薬種問屋『伊勢屋』の主、総左衛門《そうざえもん》が引き抜きたいと言ったほどの、しっかり者だ。安心してお糸を任せられる。自分の住まいに女房を残して泊り込ませるのは申し訳なかったが、庭付きの上等な長屋には、頼りになる店子《たなこ》仲間がいるから、と笑って引き受けてくれた。

それでも、あの広い家にお糸と奉公人二人では、寂しいだろう。

晴太郎は案じたが、およねがのびのびと張り切って、奥向きを切り回しているそうで、お糸曰く、「お父っつあんとおっ母さんがいた頃より、賑やか」なのだという。

お糸も、二親が去って、むしろ寛《くつろ》いでいる風だ。晴太郎は、喜んでいいのやら、哀しんでいいのやら、よく分からなかった。

一話

梅薫る「ちいさ菓子」

梅の花が、今年はとりわけ、いい香りを放っているそうだ。

あちこちの梅屋敷は、弁当や菓子を携えた花見客で、賑わっているそうだ。

『藍千堂《あいせんどう》』からほど近くの住まい――西の家の庭は、せっかく佐菜《さな》が綺麗に整えてくれたから、梅の木でも植えてみようか。

どうせなら、実のなる木がいい。梅干しの漬け方を、伊勢屋《いせや》さんに教えて貰おう。

巷の様子がすっかり他人事《ひとごと》なのも、つい他愛のないことに思案を飛ばしてしまうのも、

全ては店が忙しいせいだ。

大繁盛は、いいことだ。

梅の見ごろに合わせて、少し気軽に買える菓子をつくりたい。お糸《いと》が喜びそうな「可愛い菓子」を。

そう幸次郎《こうじろう》に強請《ねだ》ったのは、晴太郎《はるたろう》自身だ。

大人の指三本の先に、ちょこんと乗るような大きさの上菓子を二つ。二つひと組で売る。名付けてちぃさ菓子「梅見《うめみ》の対《つい》」だ。

ひとつは、白餡《しろあん》を薄い紅で敢《あ》えて斑《まだら》に色付けし、篦《へら》で柔らかく弧を描く筋を付けて、開きかけの梅の蕾《つぼみ》を象《かたど》った。

もうひとつは、蒸《む》したういろう餅を丸型で抜き、更に半分に切って半月にする。片方の角近くに黒胡麻をひとつぶ、黒胡麻から少し離した弧の端に、羽を模《も》した切り込みを三本、もう片方、尾に見立てた角に抹茶をひとつまみ振って、鶯《うぐいす》に。

どちらも、形は素朴、手間も大してかからない。更に小さくつくるから、気軽に買える値にできる。

幸次郎も茂市《もいち》も、いい、いけると頷いてくれた。

味見を頼んだ佐菜とお糸も、娘の様な弾んだ声で「可愛い」と喜んだ。

さちは、このところの常で、息を詰め、瞬きを忘れた様子で、「梅の蕾」と「鶯」を眺めていた。美味しい、と幸せそうな顔で食べてくれるのは相変わらずだが、口の中で色々確かめている節がある。

もうすっかり、『藍千堂』の砂糖、「唐《から》もの」と「讃岐《さぬき》もの」の三盆白《さんぼんじろ》の違いは分かるようになった。

さすが俺の娘である。

ともかく、皆に後押しされて売り出した「梅見の対」は、よく売れた。

晴太郎が考えていたよりも、幸次郎が見込んだよりも、遥かに。

そうして、晴太郎も茂市も、梅の花を眺める暇がなくなった、という訳だ。

今日も、大がかりな梅見の宴会にと、大層な注文を貰い、茂市とわき目も振らずにつくり続けた。

佐菜やさち、何よりお糸が喜ぶような「可愛い菓子」をと考えたはずが、思いがけず大人の男達にも人気なのだという。

何でも、たらふく呑み食いした後は、ほんの一口だけ甘い物が欲しくなるのだそうで、「梅見の対」は、大きさといい、味といい、丁度いいのだそうだ。

あまり酒を呑まない晴太郎には、よく分からない好みだが。

ようやく注文分を捌《さば》き終え、ふらりと店を訪ねてくれた客の為に支度しておいた餡とういろうも、とうに使い切っていたので、少し早いが暖簾《のれん》を仕舞い、茂市と二人でひと息つくことにした。

茂市が余分に焼いておいてくれた「八《や》つ刻《どき》の金鍔《きんつば》」は、自分で言うのも何だが、すっかり冷めても大層旨い。小豆《あずき》の雑味も砂糖の雑味もない、まっさらな甘さが、疲れた頭と体にじんわりと染み渡るようだ。

ふと見れば、茂市も幸せそうに目を細めて、金鍔を味わっている。

思い出したように、茂市が呟いた。

「幸坊ちゃま、遅うございやすね」

晴太郎は、くすりと笑った。

「張り切ってたからね」

幸次郎は、「桜」で揃えた菓子帳を持って、馴染み客を回っている。菓子帳の画《え》は、佐菜が描いてくれた。晴太郎に嫁入りする前に画で生計《たつき》を立てていただけあって、ともすると、「本物」よりも綺麗で旨そうだ。

佐菜の画をひと目見た幸次郎が、客先回りに俄然やる気を出した、という訳だ。

晴太郎は肩を落とした。

「梅の次は、桜か。息つく暇がないなあ」

茂市が、にんまりと笑って言い返す。

「目の辺りが、嬉しそうでごぜぇやすよ」

「茂市《もい》っつあんだって、楽しそうだよ」

ふたりで、肩を竦《すく》めて笑い合う。

晴太郎も茂市も、菓子をつくることが、時を忘れる程楽しい。自分が手掛けた「甘いもん」で誰かをひと時幸せにできているのが、嬉しい。

大切な身内と菓子に囲まれて、笑っていられれば、それでもう十分幸せなのだ。

思い浮かべるのは、西の家で晴太郎達の帰りを待ってくれている、佐菜とさちの姿。今頃、佐菜は夕飯の支度をしてくれているだろう。さちも母を甲斐甲斐しく手伝っている筈だ。

「夕飯の菜は、なんだろうね」

「おさち嬢ちゃまは、どうしておいででしょうか」

「茂市っつあん、おさちとは八つの少し前に別れたばかりだよ」

さちに対しては、まるで「爺様《じじさま》」のようになる茂市をからかった時、外から何やら人が争う声が聞こえて来た。

茂市と顔を見合わせる。早速、腰を上げかけた茂市を「いいよ」と止め、半分残っていた金鍔を、ぽい、と口へ放り込み、店先へ向かった。

幸次郎が戻って来るから、と格子戸だけ閉め、木戸を立てずにおいたので、外の騒ぎが真っ直ぐ入ってくる。

格子戸をそろりと開けると、『藍千堂』の目の前で、大の男と小柄な娘が争っていた。

娘は、梅鼠《うめねず》色の小袖に、赤い鼻緒《はなお》の下駄。島田の髪には、小さいが艶のある紅の玉簪《かんざし》という姿で、くるりと丸い眼と小さくふっくらとした口が、栗鼠《りす》を思わせる。歳の頃は、十七、八か、もう少し幼いだろうか。

男は、いかにも破落戸《ごろつき》という身なり、顔つきだ。

その栗鼠のような娘が、自分よりも大きな男の手を、後ろから捻り上げている。思ってもみなかった光景に、晴太郎は戸を開けて、店から出た。

「い、だだだだ。放しやがれ、こんちくしょうめ」

男が喚き、堪らず、といった風に腰を折った。

「あら、だってお兄さん。放したら、逃げるか殴りかかるか、なさるでしょう」

ちょん、と小首を傾げて言い返した声は、空で上機嫌に鳴く雲雀《ひばり》の様に、どこまでも丸く高く、澄んでいる。

と、遠巻きにしていた野次馬の中から、小柄な男子《おのこ》が、二人に歩み寄った。ひょい、としゃがんで、娘に手を取られながら屈みこんでいる男の顔を覗き込む。

男子は、切れ長の目に細面、薄い唇はほんのりと桜色、目許に影を落とす長い睫毛が、艶やかだ。同じなのは歳の頃だけで、たまたま居合わせた赤の他人だと、誰もが思うだろう。

なのに、晴太郎はどうしてか、男子と紅い簪の娘は、よく似ていると感じた。

「お兄さん、放して欲しいですか」

男子の問い掛けに、男が忌々《いまいま》し気に舌を打った。

「っ――。さっきから、そう言ってるだろうがっ。大体、誰だ、てめぇは」

「ああ、私のことは、お気になさらず。それより、早いとこ、掏《す》った財布を返しましょうか。じゃないと、大事な商売道具の利き腕、折られちまいますよ」

男子の脅しに合わせるように、娘がくい、と男の腕を軽く捻った。

「なんのこと、わあ、止《よ》せ、痛《いて》ぇ」

空いた左手で、右の腕を庇《かば》いながら、男が悲鳴のような声を上げた。

地面に面白いものを見つけた子供のような格好で、男を覗き込んでいた男子は男に話しかける。

「何も、番屋へ突き出そうってんじゃ、ありません。財布さえ返していただけりゃいいんです」

それから、遠巻きにしている野次馬の方へ視線を移し、「ねぇ、ご隠居さん」と呼んだ。

一斉に、「ご隠居さん」らしき風体――茶人帽《ちゃじんぼう》姿の皺深い男へ野次馬の視線が集まる。

見られた男は、どきまぎと辺りを見回した。

男子は、朗らかな声で続ける。

「そこの、粋な茶人帽を被った、そう、そちらさんですよ。懐を確かめてごらんなさい」

茶人帽の男が、懐を、ついで、袂《たもと》を探り、腰回りやら帯の辺りやらをはたはたとはたき、慌て始めた。

「な、ない。私の財布が、ない」

「どんな財布です」

「く、黒い鹿革の道中財布だ。黒い漆《うるし》で亀甲模様が入ってる、印伝《いんでん》だよ。根付《ねつけ》は赤い縞《しま》瑪瑙《めのう》の亀。さ、さっき茶店で銭を払うのに、帯から外して懐へ――」

どれ、と男子が娘が押さえつけている男の懐、袂を探った。ぱ、と明るい顔になって、

「あった、あった」と呟く。

男の袂から出した手には、茶人帽の男が言った通りの、胴をくるくると革紐で巻いた、黒い財布が握られていた。

「ご隠居さん、これですか」

男子の問い掛けに、茶人帽の男が駆け寄る。

「間違いない、私の財布だ」

はい、どうぞと手渡された財布を、礼を言って受け取り、そそくさと帯に挟みながら、茶人帽の男は、うら若い娘に組み敷かれている掏摸《すり》を睨みつけた。

不服げな掏摸を見て、娘が「あらぁ」と、間延びした声を上げた。

「何か仰りたいなら、訊いて差し上げますけど」

男子が男の言を遮る様に続いた。

「まさか、あの財布は『自分のものだ』なんて、仰いませんよねぇ。お仲間に渡して手

放す前に捕まった挙句、口から出たのが、そんな苦しい言い訳なんて、掏摸として恥ずかしいですもんねぇ」

なんだか、容赦のない追い詰め方がうちの弟と似てるような気がする。

晴太郎は、自分が叱られている時のことを思い出して、ちょっとげんなりした。

見れば財布を掏られた男も、地べたに這いつくばり、若い娘に押さえつけられている掏摸を、気の毒そうに盗み見ている。

おっとりと、男子が掏摸に訊いた。

「ここで暴れない、乱暴しない、とっとといなくなる、二度とご隠居さんに近づかない。約束していただければ、放して差し上げますけど」

すかさず、娘が掏摸の手を軽く捻り直した。

「わわわ、分かった。分かった――っ」

娘と男子は、視線を交わし、揃えたように小さく頷いた。

あっという間もなく、娘が後ろへ跳び退いた。下駄に仕掛けがあるのかと思う程鮮やかに、ぴょん、と掏摸の手の届かない辺りまで離れる。

おお、と野次馬から感心したような声が上がった。

遅れて、掏摸ががばりと立ち上がる。

忌々し気に娘と男子を見比べるが、ち、と小さく舌打ちをすると、仕返しをするでもなく、「畜生《ちくしょう》、覚えてやがれ」と、三文芝居で聞くような負け惜しみを吐き捨て、逃げて行った。

よく似た仕草で、娘と男子が小首を傾げる。

男子が、ぽつりと呟いた。

「言われなくても、覚えてるよ」

娘が、不思議そうに続く。

「私達、そんなに忘れっぽく見えるのかしら」

二人の小さな遣り取りを途中でかき消すように、野次馬がわっと沸いた。

「かっこよかったぜ」

「嬢ちゃん、強ぇなあ」

「逃がしちまってよかったのかい」

口々に言い募《つの》る人々に、にこやかに手を挙げて応えているのが、男子だ。

娘は茶人帽の男に、甲斐甲斐しく、他に掏られたものはないか、財布の中身は減ってないかと、訊ねていた。

野次馬の褒め言葉と茶人帽の男の礼にそれぞれ、ちょこまかと、かつ丁寧に応じている様子に、晴太郎は呑気に考えた。

やっぱり、悪戯好きの栗鼠二匹に見える。

野次馬が散り、茶人帽の男が離れたので、晴太郎も店へ戻ろうと踵《きびす》を返したところへ、娘と男子が、揃って近づいて来た。

呆気にとられて立ち尽くしている晴太郎の前に、二人並んで立ち、ぺこりと頭を下げた。

赤い玉簪の娘が、ころころと転がるような声で、挨拶をした。

「お初にお目にかかります」

長い睫毛の男子が、告げた。

「腕の立つ女子《おなご》の奉公人と、使える手代をお探しと伺い、参りました」

晴太郎は、顔立ちの全く似ていない、よく似た二人を見比べた。
十七、八と思った二人は、どちらも二十四のいい大人だった。
ほどなく戻って来た弟に、「素性《すじよう》の分からない人間を、容易《たやす》く店へ上げるな」と叱られた。

何やらぐったりとした心地で、店の板の間、幸次郎と共に、晴れやかな笑みを浮かべる客二人と向かい合った。

作業場からは、茂市の焼く金鍔のいい匂いが漂ってくる。

「名を、伺いましょう」

幸次郎の問い掛けに、遅まきながら、歳を尋ねて名を確かめていなかったことに、晴太郎は気づいた。

「二人は」という呼びかけで済ませてしまっていたので、失念していたのだ。

自分の間抜けさに落ち込みかけたが、目の前の二人は互いに顔を見合わせ、ぼんやりと笑うのみだ。

これは、敢えて名を訊かれないよう、遣り取りされていたなと、晴太郎は察した。

名乗れないのに奉公したいとは、どういうことだろう。

名乗れないいなら、と晴太郎は別の問いを投げかけた。

「二人は、よく似ておいでだ。ご兄妹ですか」

男子が、ううん、と唸ってから、

「まあ、血は繋がっています」

と答えた。

幸次郎が、目の光を鋭くして訊ねる。

「腕の立つ女人と、使える手代を探していると、どこで聞きました」

男子が、にっこりと笑って「風の噂で」と答えた。

幸次郎も、にっこりと笑い返した。

弟の冷たい笑みが、恐ろしい。

「世話になっている口の堅い御武家様にだけ、探して頂くようお願いしてある話が、一体どんなそよ風に乗って、お前さん達に届いたんでしょうね」

ふう、と男子が小さな溜息を吐いた。傍らの娘――二十四の女人《にょにん》を娘扱いするなと吐られそうだが、見た目が「娘さん」なんだから仕方がない――に向かってぼやく。

「散々言われたじゃないか。弟の幸次郎さんが戻ってくる前に、雇ってもらえって。晴太郎さんの言質《げんち》さえ取っちゃえば、なんだかんだ、兄さんに甘い幸次郎さんも許してくれるからって。なのに、要らぬ時をとっちゃったから」

娘が、ふっくらした唇を尖らせた。

「だって、掏摸なんて放っておけないじゃない。それに、私達の腕前を見せられたのだもの、その方がよかったでしょう」

兄妹か、仲のいい幼馴染の他愛ない言い合いの中に、聞き捨てならない言葉を聞いた。

幸次郎も、顔を顰《しか》めてこめかみを軽く揉んでいる。

「それも、誰から聞いたのか、聞かせて貰っても」

一応、問いの格好をとっているが、否やを言わさぬ口調に、二人が顔を見合わせた。

すぐに幸次郎へ視線を戻し、男子が静かに言った。

「やっぱり、私達は胡散《うさん》臭いですよね」

「ええ」と、幸次郎が即座に応じる。

「なのに、追い出さないんですか」

「どなたの差し金か、大体見当はついていますから」

目の前の二人が目を丸くしたが、晴太郎も驚いた。

「それは、誰だい」

こっそり訊いた晴太郎に、幸次郎が苦笑で答える。

「こちらが密かに松沢《まつざわ》様にお願いしたことも、私と兄さんの性分も、お見通しの恐ろしさ。困っている私達を見過ごせない情の深さ。はっきりと『手を貸してやる』と言えないへそ曲がり。ひとり、思い浮かぶお人がいませんか」

あ、と晴太郎は声を上げた。

「伊勢屋の小父《おじ》さんだ」

『伊勢屋』は、神田の薬種問屋で、主《あるじ》の総左衛門《そうざえもん》は界隈《かいわい》の顔だ。兄弟の父、先代清右衛門《せいえもん》の友として、『藍千堂』と晴太郎達の力になってくれる。

自分にも他人にも厳しく、甘えたり、容易く頼ったりしようものなら、手ひどく追い返される。こちらが最善を尽くしてからでないと、手を差し伸べてくれないが、いつも案じて、いつでも手を貸せるよう手筈《てはず》を整えていることは、晴太郎も幸次郎も分かっている。

そんな総左衛門が、ほんの少し角が取れ、ほんの少し「隠れ世話焼き」が分かりやすくなったのは、佐菜が晴太郎の女房に、さちが晴太郎の娘になってからだろうか。

「でも、どうして」

我知らず、晴太郎は呟いた。

総左衛門は、晴太郎達には情を傾けてくれる分、『百瀬屋《ももせや》』への当たりが強い。晴太郎達と清右衛門叔父のわだかまりが薄まった今でも、変わらぬ怒りを抱き、『百瀬屋』を宿敵と思い定めている節がある。

総左衛門にとって『百瀬屋』は、大切な友が興した、大切な菓《か》子司《しつかさ》だった。

「唐もの」と「讃岐もの」、二種の三盆白は、元々『伊勢屋』自慢の品だったが、晴太郎の父が店を始めるとなってから、更に良いものを苦心して探したと聞く。

友の大切な『百瀬屋』を乗っ取り、亡き友と、淡い片恋の相手だった女人が遺した息子達――晴太郎と幸次郎を店から追い出し、『伊勢屋』の砂糖を切り捨てた。

この世におらぬ友夫婦の為の怒りは、減ることがない。それはきっと総左衛門にとって、二人を裏切ることに等しいのだろうから。

『伊勢屋』の砂糖を貶《おとし》められれば、主としても、矛《ほこ》を収めることはできないだろう。

その総左衛門が、いくら晴太郎達が人探しに難儀しているとはいえ、『百瀬屋』総領娘のお糸に利するような真似を、するだろうか。

せんだって、お糸が窮地に追い込まれた時も、助力を頼んだ幸次郎を、冷ややかで手厳しい皮肉で追い返したのだ。

幸次郎が、あっさり答えた。

「清右衛門の叔父さんが、あんなことになりましたからね。少しは腹の虫が収まったのじゃあありませんか」

「幸次郎」

「幸坊ちゃま」

総左衛門と清右衛門叔父、どちらにとっても、色々、障りのある物言いに、晴太郎と茂市の窘《たしな》める声が重なった。

幸次郎は、涼しい顔だ。

ぷ、と揃いの間合いで、目の前の娘と男子が噴き出した。

男子が、しっかり聞こえる小声で、娘に囁く。

「聞いてた通り、三人とも面白いお人だね」

幸次郎が、微かに眦《まなじり》を鋭くして訊いた。

「先刻からの思わせ振りな物言いは、伊勢屋さんに、そうしろと言われたからですか」

男子が、明るく「いいえ」と首を横へ振った。

「私達が勝手にお聞かせしたことです。お糸さんを手助けしたいのに、なかなかできずにおいでの伊勢屋さんが、少しばかりじれったかったもので」

すかさず、娘が言い添える。

「『伊勢屋』の御主人は、私達の恩人なんです」

「こちらへ行くように、とおっしゃったのも、お糸さんの為もありますが、何より、私達に働き口を探してくだすったようなものですし」

どこか幼い仕草で、二人は顔を見合わせ、頷き合った。

やはり、栗鼠がじゃれているように見える。

ふう、と幸次郎が、小さく息を吐いた。

「伊勢屋さんの口利きなら、安心でしょうね。暫《しばら》く『藍千堂《うちどう》』で働いて貰って――」

あっさり話を進める幸次郎を、晴太郎は急いで止めた。

「ちょっと待って」

幸次郎が、問うようにこちらを見る。

幸次郎は、総左衛門を慕っている。また、「なかなか助けてくれない代わりに、一度手を貸してくれたら、それは万全で盤石《ばんじゃく》だ」と、総左衛門の助力に関しては、全幅の信を置いている。

だから仕方ないのかもしれない。それにしても、弟らしからぬ不用心さだ。

あるいは、一刻も早くお糸を任せられる誰かを、と気が急《せ》いているのか。

晴太郎は、くるりと目を丸くしている、栗鼠のような二人にちらりと視線をやってから、告げた。

「まずは、伊勢屋の小父さんに、詳しい話を聞きに行こう」


江戸随一とも言われる薬種問屋『伊勢屋』は、『藍千堂』の南、神田佐久間町の二丁目、和泉橋の東向かいに店を構えている。

神田川に沿った東西の道、和泉橋から北へ伸びる往来、そこから東へ入る細い道に店の三方が接している、一際広く大きな表店《おもてだな》だ。

商いは大名から長屋暮らしの町人まで、大層手広い。金持ちだからといっておもねることもしなければ、貧乏人だからと邪険にすることもない。

晴太郎と幸次郎は、件《くだん》の二人を連れ、引きも切らない客達で相変わらず賑やかな表口を横目に見ながら、勝手口へ回った。

佐菜が来る前、男所帯の『藍千堂』へ朝飯の支度をしにきてくれていた女中を見かけ、声をかけると、すぐに奥向きの客間へ通された。

『伊勢屋』の奥向きは、いつ来ても静かだ。

奉公人達は物静かだし、女主《おんなあるじ》も跡継ぎも、嫁入り前の娘もいない。総左衛門ひとりだ。

晴太郎と幸次郎がまだ幼い頃、子が出来ないまま急な病で内儀《ないぎ》のお静《しず》を失くしてから、後妻《のちぞえ》も迎えず暮らしている。

お静のことは、ぼんやりとしか思い出せないが、よく笑い、よくしゃべる、娘の様な女《ひと》で、綺麗な声で子守唄を歌ってくれた。

いつだったか、総左衛門が晴太郎に「最初《はじめ》に好いた女子には袖にされ、次に好いた女子は病に奪われた。もう、色恋は懲《こ》りたよ」と、言ったことがあった。

冗談めかした口調だったが、なんとなく、それが総左衛門の本心だと感じた。

色恋に懲りたから妻を娶《めと》らないのではなく、好いた女人としか添いたくはない。そういうことなのだ、と。

『伊勢屋』の跡取りは、もう暫くしたら、遠縁で見込みのある男子を養子にすると、聞いている。

「そちらと違って、味気ない奥向きで済まないね」

穏やかに切り出した総左衛門は、小柄でほっそりした身体を、古めかしい榛摺色《はりずり》――渋い茶色に、明るい黄色みと赤みをほんのり足したような、深い茶だ――の小袖に共の羽織で包んでいる。

生地や仕立ての良さといい、色あいといい、着こなしといい、相変わらず一分の隙も無い。

立ち居振る舞いも同じく隙の無いはずの総左衛門が、ほんの少しばつの悪そうな顔で、晴太郎と幸次郎の後ろに控えている二人を見遣った。

くるん、と音がしそうな、軽やかな笑みを浮かべ、娘が言った。

「幸次郎さんに、見抜かれてしまいました」

男子は、すました顔で惚《とぼ》けている。

総左衛門が、苦い、苦い溜息を吐いた。

「お前達の、何か企んでいそうな顔を見た時から、そんな気はしていたよ」

晴太郎は、にっこりと笑って切り出した。

「小父さん、お伺いしても」

総左衛門の渋面が酷《ひど》くなる。

「晴太郎は、しっかり者の嫁をとってから、随分落ち着いてしまった、ってなんだ。

しまった、ってなんだ。

腑に落ちないものを感じていると、総左衛門がぼやいた。

「もう、私を前にした時の、おどおどした晴太郎を拝めないのかと思うと、ほっとしたような、寂しいような」

かっと、頰に血が上った。

後ろで、二人がくすくすと笑う声が聞こえた。幸次郎は、肩を震わせて笑いを堪えている。

かつての自分については、総左衛門の言葉通りなので、何も言い返せない。だから、

「おかげさまで、いい女房を得ました」

と、言ってやった。

「つくづく、可愛げのない」

酷い言われようだが、総左衛門の目は笑っている。

釣られて、つい頬を緩めた途端、総左衛門の目がひやりと、冷えた。

「それで、晴太郎は何が知りたいんだい。なんでも答えよう」

呑み込みそうになった唾を堪えた。些細な仕草ひとつでも隙になると、総左衛門には、未だに叱られるのだ。

「なんでも答える」を言葉通りにとってもいけない。うっかり的外れなことを訊ねようものなら、肝心なことまで、教えて貰えなくなるかもしれない。

声もなく、総左衛門が笑った。

「そう、構えることはないよ、晴太郎。言葉通り何でも訊きなさい」

ふ、と息を吐いてから、晴太郎は切り出した。

「まずは、お糸を、いえ、『百瀬屋』を助けて下さる訳を、聞かせて下さい」

ぷい、と晴太郎から視線を逸らし、放るように総左衛門が答える。

「寝覚めが悪いから」

軽く咎める音を含ませ、晴太郎は総左衛門を呼んだ。

「小父さん」

細く長い息を吐き出し、総左衛門はぽつりと詫《わ》びた。

「悪かった」

上げた顔は穏やかで、ほんの少し照れくさそうだった。

「誤魔化《ごまか》して済まそうとしたわけじゃない。少し、憎まれ口を利きたかっただけだよ」

そうは言われても、くるくると変わる、総左衛門らしからぬ面《おもて》に、煙に巻かれているとしか思えない。楽し気に綻《ほころ》んだ口許に、つい恨めしさが募る。

宥《なだ》めるような口調で、総左衛門は続けた。

「私が腹を立てているのは、お前達への仕打ちや先代夫婦への裏切り、『伊勢屋《うち》』の三盆白のことに関してだけじゃない。調べれば調べる程出てくる汚いやり口は、商人として、人として、許せることではない。だが、自分達がしてきたことのつけが、そっくり娘に回った、その重さは、身に染みて感じているだろう。それも、お前達兄弟に少しずつ歩み寄って、娘の婿にもまともそうな男を選ぶ。そんな真っ当な道に目覚めた矢先の騒動と病だからね。こたえてもいるはずだ」

だから、『百瀬屋』への怒りは収める。そういうことだろうか。

晴太郎が口に出す前に、総左衛門が首を横へ振った。

「この怒りは、消えないよ。あの夫婦が、あの世で清右衛門とおしのさんに詫びるまではね」

お父《と》っつあんとおっ母《か》さんなら、とうに叔父さん叔母さんを許してると思いますよ。

その言葉を、晴太郎は口にしなかった。

総左衛門の怒りは、父母の代わりではない。父母への仕打ちに対する、総左衛門自身の怒りだから。

代わりに、晴太郎はもう一度訊ねた。

「でしたら、どうしてお糸に力を貸して下さるんです」

「色々、あるね」

幸次郎が、「色々ですか」と繰り返す。総左衛門が頷いた。

「そもそも、私の相手は、当代の百瀬屋夫婦だ。清右衛門が興した『百瀬屋』ではない」

総左衛門が呼んだ『清右衛門』は、兄弟の父であり総左衛門の友であった、先代のことだ。総左衛門が、少しばつが悪そうに一度言葉を切ってから、続ける。

「ましてや、傾いた『百瀬屋』を必死に立て直そうとしている、総領娘ではない、ということだよ。なのに、窮地にいたあの娘に手を差し伸べず、幸次郎に酷い言葉を投げかけたのは、大人げない八つ当たりだ」

それから、双眸《そうぼう》を柔らかく細めて、告げる。

「あの娘には、礼を言わねばならないね。そうして、頭を下げるべきだろう。友が大切にしていた店を、よろしく頼む、と」

照れ屋の総左衛門が、商いや店のことではなく、自身のことで「よろしく頼む」と真っ直ぐに口にするなぞ、珍しい。

幸次郎も驚いたらしく、切れ長の目を丸くしていた。

後ろにいる二人が楽し気に囁き合い、追い打ちをかける。

「あらあ、旦那様が珍しい」

「明日は、きっと雨だ」

この二人のことも、詳しく聞かなきゃいけないな。

そう思った晴太郎を見透かしたか、ぎこちない空咳を挟み、総左衛門が言った。

「その二人のことも話すが、まずはお糸と『百瀬屋』のことから、片付けよう。これは、下らない八つ当たりをした詫びだ」

一度言葉を切って、晴太郎と幸次郎を見比べ、総左衛門は告げた。

「『百瀬屋』の総領娘、いや、新たな女主に、『伊勢屋』の三盆白を使う気はないか、訊いておくれ」

晴太郎は、息を呑んだ。思わず、腰が浮いた。

「本当ですか。本当に、『百瀬屋』でも伊勢屋さんの三盆白を、使わせて下さるんですか」

それだけで、間違いなく菓子の味が数段上がる。

味が評判になれば、きっと『百瀬屋』の客も戻って来る。

総左衛門が、静かに頷く。

「きっと、お糸が喜びます」

舞い上がった晴太郎を、「兄さん」と渋い顔の幸次郎が止めた。

「幸次郎」

「お糸が、店への助力を受け入れるかどうか」

弟の言葉に、晴太郎も浮かせた腰を落とした。

「そうか。そうだね」

「どういうことだい」

総左衛門の問いに、晴太郎が答えた。

お糸を庇って死んだ彦三郎は、本当にお糸を好いていた。お糸は彦三郎の為に、幸次郎の助力を拒んでいるのだ、と。

幸次郎が、静かに言い添える。

「『藍千堂』の者の中で、伊勢屋の小父さんに取り分け目を掛けて頂いているのは私だと、お糸も承知しています。いくら、八つ当たりの詫びだと言っても、お糸が信じてくれるとは」

そうか、と総左衛門も難しい顔をしている。

けれど、諦めきれない。

『伊勢屋』の三盆白は、間違いなくお糸の力になれる。だが、それだけではない。父と母の思い出が詰まったあの店に、晴太郎と幸次郎、茂市、総左衛門の大切なあの『百瀬屋』に、もう一度、あの砂糖のいい匂いが戻って来る。

昔の匂いに、あの家が戻る。

諦められるはずがない。

晴太郎は、顔を上げた。

「でも、話してみようよ、幸次郎。だって、『百瀬屋』にお父っつあんと小父さんの三盆白が戻るんだよ」

幸次郎も、顔を上げた。

晴太郎の言いたいことを汲み取ってくれたようだ。

「そうですね」

弟が、小さく、けれど力強く頷いた。

「いざとなったら、番頭さんを引き込んででも、お糸を丸め込んででも、頷かせてみせます」

大変心強い。

何しろ幸次郎は、ついせんだって、見事な屁理屈で奥向きへの助力をお糸にすんなり受け入れさせたばかりなのだから。

幸次郎が、じとりと晴太郎をねめつけた。

「兄さん。今、幸次郎は屁理屈が得意だから、なんて考えたでしょう」

なんで分かった。

「なんのことだい」

惚けてみたが、きっと弟のことだ、晴太郎がこっそり冷や汗をかいていることなど、幸次郎はお見通しだろう。

総左衛門が柔らかく笑いながら、言った。

「まあ、せいぜい頑張っておくれ。『伊勢屋《うち》』の商いの為にもね」

それでは早速、とお糸に伝えに行こうとした晴太郎を、飛び切り苦い顔の幸次郎が止めた。

「兄さん、慌てないでください。肝心の話が、まだ済んでいませんよ」

そうだった。

晴太郎は、しおしおと、座り直した。

総左衛門が、溜息を吐く。

「随分落ち着いたと思っていたが、菓子が関わると、途端に周りが見えなくなるのは相変わらずか」

「すみません」

歯切れ悪く詫びた晴太郎を、幸次郎が取り成す。

「まあ、こんな風でなければ、『藍千堂』の主は務まりませんから」

「それもそうだ」

弟と父の友が真面目な顔で頷き合っているが、気のせいか褒められている気がしない。兄さん、と幸次郎に促され、晴太郎は気を引き締め直した。

「後ろの二人のことです」

うん、と総左衛門が頷いたので、話を進める。

「二人は、私達が探している働き手のことを、知っていました。伊勢屋の小父さんは二人にとって恩人なのだとも聞いています。小父さんがお糸と『百瀬屋』に手を貸して下さる理由《わけ》も伺いました。ですから、この二人を差し向けた小父さんを、信用しないのではありません。娘さんの腕が立つのは目の当《ま》たりにしましたし、こちらのお人は手代としても優れているのでしょう。小父さんの口利きだと告げなかったことも、その、小父さんのご性分を考えれば、まあ、そうだろうな、と」

照れ屋で強がり、と言いかけて、慌てて「小父さんのご性分」と言い直す。

晴太郎の後ろで、娘が「あら、娘さんですって」と、嬉しそうに呟いた。

どうやら、大人の女を「娘さん」と呼んでも、叱られないらしい。

逸れた気を、ふう、と小さく息を継ぐことで戻し、晴太郎は改めて総左衛門を真っ直ぐに見た。

以前ほど、苦手だと感じることはなくなった。それでも、隙の無い総左衛門と、真剣に向かい合うのに覚悟がいるのは、変わらない。

「二人が名乗らないのは、何故でしょう。小父さんが差し向けて下さるほどの二人が、今まで働き口を見つけられなかったのは。顔立ちは全く違うものの、よく似ておいでだから、兄妹なのかと訊いても、笑って誤魔化されました。小父さん、何かこの二人について、隠していることはありませんか」

考えの読めない強い視線が、晴太郎を見返す。

鳩尾《みぞおち》辺りに力を入れ、晴太郎は言葉を重ねた。

「独り身の頃の私なら、幸次郎の様に『小父さんの口利きなら』と、喜んで迎えたでしょう。名乗れないことに関しても、きっと事情があるのだろうと考えたはずだ。でも今、家《うち》には佐菜とさちがいます」

闇雲《やみくも》に、女房と娘の心配をしているのではない。

佐菜は、かつての亭主、鎧坂《よろいざか》から逃れ、見つからぬよう息を潜め、気を張って暮らしてきた。小さなさちも、詳しいことは分からなくたって、母親の怯《おび》えと心配を感じ取っていた筈だ。だから、出逢った頃のさちは、晴太郎が哀しくなるくらい聞き分けがよかったのだ。

鎧坂がこの世から消えても、長い年月で染み付いた佐菜の恐れが、容易く消えることはないだろう。

母想いのさちが、痛々しい母の姿を、あっさり忘れるはずがないだろう。

晴太郎は、そう案じていた。

けれど佐菜は、心から寛《くつろ》いで笑ってくれるようになった。

さちは、幼い子らしい我儘《わがまま》を、ほんのたまにだけれど、口にするようになった。

それが、『藍千堂』にいるから、なら。

自分の側《そば》にいるから、なら。

どんなことをしても、自分は「その場所」を守ってみせる。

後ろにいる二人の耳があるから、口に出して訴えはしないけれど、晴太郎とは長い付き合いで、佐菜とさちの経緯《いきさつ》を知っている総左衛門なら、二人の名を出しただけで、晴太郎の想いは分かってくれる。

「心配のし過ぎだと、笑われるかもしれません。いい大人が肝の小さいことをと、叱られるかもしれません。それでも私は、佐菜とさちが関わるかもしれないほど近くに、名乗れもせず、素性も明かせないお人を、その理由《わけ》も確かめずに置くことはできません。それは、二親と離れて暮らすことになったお糸の側も、同じです」

誰も、何も言わない。

息が詰まるような静けさを、晴太郎も黙して耐えた。

これは、誰に何と言われようと、譲れない。

ふ、と総左衛門が笑った。

隣の幸次郎が、くしゃりと、泣き出しそうな顔をした。

「参ったな。見直したよ、晴太郎」

呟いた総左衛門に続き、幸次郎が、

「兄さん、すみませんでした。私が迂闊でした」

と詫びた。

総左衛門が、楽し気に幸次郎に話しかける。

「幸次郎。あの『菓子莫迦《ばか》』一辺倒だった晴太郎が、ここまで頼もしくなったのは、やっぱりお佐菜さんとおさっちゃんのお蔭かい」

自分の後を半べそで追いかけていた頃のような顔をしていた筈の幸次郎が、総左衛門に応じた。

「他には、思い当たりませんね。『菓子莫迦』は変わりませんが」

やっぱり、褒められているような気も、見直して貰ったような気もしない。

待て、褒められているのは、俺じゃなく、佐菜とさちかもしれないぞ。

それなら、まあいいか。

やれやれ、という風に、揃いの間合いで幸次郎と総左衛門が溜息を吐いた。

総左衛門が、ぼやく。

「見直すのじゃなかった」

幸次郎が、いつもの調子で晴太郎を叱る。

「考えが顔に出過ぎです、兄さん」

晴太郎が、つい口を尖らせると、総左衛門が柔らかな笑みを浮かべ、後ろにいる二人へ、目を向けた。その視線を追うように、晴太郎と幸次郎も、二人を見る。

「話しても、いいかい」

確かめた総左衛門に、娘が首を横へ振った。男子が、告げる。

「私から、話させて下さい」

そうして、ぴたりと揃った動きで、二人は晴太郎達に向けて、手を突き、深々と頭を下げた。

今までのどこかこちらを煙《けむ》に巻くような物言いをしてきた男子が、生真面目で真摯《しんし》な物言いで詫びる。

「雇って頂こうというのに、今まで誤魔化してばかりで、申し訳ございませんでした」

幸次郎が、二人を促した。

「まず、顔を上げて下さい。ちゃんと話してくれるのなら、詫びは要りません。小父さんが差し向けたお人だからというだけで、あっさり信用した私も、いけない」

下げた時と同じように、揃いの間合いで二人が顔を上げた。

娘が、訴える。

「伊勢屋の旦那様は、最初《はじめ》から全て話した方がいい、と仰ったんです。『藍千堂』の方々は大丈夫だから、と。それを、私達が信じ切れず――」

濁った言葉尻を、男子が拾った。

「信じ切れずに、躊躇《ためら》いました。話さずに済めば、それがいい、と。万が一知られたとしても、私達は裏切られて傷つくこともなく、そちら様にも御厄介は降りかからない」

一体、どんなことを隠しているんだ。

『藍千堂』は大丈夫って、何のことだ。

遠回しなまま、物騒さだけが募っていく話に、幸次郎が厳しい顔をする。

晴太郎は、戸惑って総左衛門を見た。

総左衛門が、苦い顔で、「二人とも、待ちなさい」と割って入った。

晴太郎と幸次郎を見ながら、二人を取り成す。

「そんなに大袈裟なことじゃあ、ないんだよ。ああ、当人達にとっては一大事ではあるのだけれど」

二人に視線を戻すと、どちらもきゅっと、唇を噛んで軽く俯《うつむ》いていた。

やはり、その顔つきは、そっくりで。

私が話した方がよさそうだ、と、総左衛門が切り出した。

「兄の名は、千尋《ちひろ》。妹の名は、千早《ちはや》。二人は、双子の兄妹だ」

「なるほど、そうですか」

幸次郎が、あっさり頷いた。

「やっぱり、兄妹だったんだね。そっくりだと思ったんだ」

晴太郎が続く。

弾かれたように、二人——千尋と千早が顔を上げた。

目を栗鼠のように丸くして、じ、と晴太郎と幸次郎を見ている。

「それだけ、ですか」

訊ねた千尋の声が、上擦っていた。

「気味悪くは、ないのですか」

訊いた千早は、声を震わせていた。

幸次郎と晴太郎は、顔を見合わせた。

幸次郎が、もう一度、なるほど、と呟き、兄妹に向かった。

「二人が気にしているのは、あの言い伝えでしょうか。『男と女の双子は、心中者の生まれ変わりだ』、という」

千尋と千早は、折角上げた顔を、申し訳なさそうに再び伏せてしまった。

心中――好き合った男と女が手を取り合って命を絶つことは、大罪だ。残された身内は肩身の狭い思いをするし、生き残れば苛烈な刑罰が待っている。

だから、忌み嫌われるのだが――。

その言い伝えを、晴太郎は常々胡散臭いと思っていた。

人間、命あっての物種だ。それは、父母を立て続けに喪《な》くしている晴太郎の強い信念として、いつでも心の真ん中にある。

だから、いくら好き合っていても、心中は感心しない。

御公儀《おかみ》が大罪だと決めたことに、逆らう気もない。

だが、それと男女の双子が、なぜ重なるのだろうか。

生まれ変わっても一緒に居たかったのだ、という話は、よく聞く。

中には、「きっと、心中をした罰として、次の世では決して結ばれない兄弟に生まれ変わるのだ」と、得意げに説く人もいる。

『藍千堂』には、神棚がある。

近くのお稲荷様には、しょっちゅうお供えをしているし、神田明神にも、浅草寺にだって、お参りに行く。性質《たち》の悪い風邪が流行れば、病除けの御札を買う。妖《あやかし》だってお化けだって、その辺りにいると思っている。猫は長生きすれば猫又になるのも出てくるだろうし、大切にされた道具には付喪神《つくもがみ》が宿るだろう。

それでも、この話は、どうにも胡散臭い。

一緒にいたかったにしろ、決して結ばれない間柄にされたにしろ、それは男女の双子に限ったことではないではないか。親子だって、歳の違う兄弟だっていい筈だ。

そもそも、双子自体を嫌う人も多いが、他の人と何も変わらない。『菅原伝授手習鑑《すがわらでんじゅてならいかがみ》』という三つ子が活躍する人気の芝居には皆大喜びするのに、どうして双子を避けるのか、晴太郎には全く分からない。

幸次郎が、ふん、と鼻を鳴らした。

くだらない、というように。

「二人は、生まれ変わる前に確かに心中して、それを覚えているんですか」

晴太郎は頭を抱え、総左衛門が、笑いを堪えきれずに、く、と喉を鳴らした。

もう少し、訊き様というものがあるだろうに。

だが、当の幸次郎は大真面目な顔をしているし、問われた千尋と千早は、勢いよく首を横へ振っている。

必死に、訴えるように。

今まで、「男女の双子」というだけで、どれほど理不尽なことに耐えてきたのだろうと、晴太郎は心が痛んだ。

幸次郎が、にっこりと笑った。

「身に覚えがないなら、堂々と胸を張っておいでなさい。本当はどうだったのかなんて、誰も分からないんですから。そもそも、男と女の双子だからというだけで、御公儀はあなた方を捕えにはこないでしょう。つまり、そういうことです。何の障りもありません」

晴太郎は、こっそり笑った。

やっぱり、俺も幸次郎も、おっ母さんの息子だ、と。

そうして、母の面影を想い出す。

二人が子供の頃のことだ。近くの小間物屋へお産の手伝いに行っていた母が、目を真っ赤にして帰って来た。

晴太郎と幸次郎は、仰天して母に訊ねた。

辛いことがあったのか。誰かにいじめられたのか、と。

『ただ、二人一緒に生まれたってだけで、どうして引き離されなきゃならないのかしら。赤子は母親が恋しいに決まっているし、親は子供を手放したくなんかないのに。兄弟だって離れ離れは辛いでしょう』

湿った声で呟きながら、兄弟を抱きしめる母の腕の力はいつもより強く、少し苦しかった。

まるで、自分と幸次郎が誰かに連れて行かれるのを怖がっているようだ。

幼心に、晴太郎は感じた。

そうして、母の言葉の意味の半分も分からないまま、心に決めたのだ。

二度と、こんな風におっ母さんを泣かせちゃ、いけない。

あの時は、幸次郎と二人、母にしがみつきながら、必死で言い合った。

自分達は、二人とも、ずっと母と一緒にいる。離れたりしない、と。

小間物屋の赤子は元気な男の子で、晴太郎と幸次郎は、面倒を見たり、一緒に遊んだりもした。

ただ、その子は最初《はじめ》からひとりだった。周りの大人達も、それが当たり前の顔をしていた。小間物屋の人達が、母の様に「引き離された」ことを嘆くところを見たことはなかった。

それが「どうして」なのか、晴太郎も幸次郎も、訊いてはいけないような気がして、互いに話すこともしなかった。

後になって考えれば、生まれた赤子は双子で、「もうひとり」はこっそり里子にでも出されたのだろうと、見当がついた。

世の中の双子への風当たりを知るにつけ、残された「ひとり」と仲良くなるにつけ、晴太郎は強く思った。

そうだ。「もうひとり」は、里子に出されたのだ。捨てたり、命を奪ったりすることを、優しい母が許すはずはないから。そうに決まっている。どうか、そうあってくれ、と。

やがて、小間物屋は上方《かみがた》へ越していった。

すっかり忘れていたけれど、小間物屋一家は、あの子は、どうしているだろうか。

「もうひとり」も、ちゃんと幸せに暮らしているだろうか。

幸次郎は、あの日のことを、あの子のことを、覚えているだろうか。

「だから、言ったろう。『大丈夫』だって」

総左衛門の悪戯な声に、晴太郎は物思いから引き戻された。

我に返って、二人を見返すと、兄の千尋が、じわりと目を潤ませていた。

その目元を、妹の千早が、袖でそっと拭っている。

歳を知っても、やっぱり可愛いなあ。

晴太郎はほっこりした気分で、二人を眺めた。

仲のいいこの双子を、母にも見せたい。いや、きっとあの世から父と二人で、嬉しそうに眺めているのだろう。

千尋が、千早に笑って頷き掛け、総左衛門と兄弟に向かって、頭を下げた。

「みっともないところを、お見せしました」

総左衛門が、「話しづらいから」と、自分の側に二人を促し、座が落ち着いたところで切り出した。

「千尋と千早は、寺の門前、二人一緒に捨てられていたそうでね。育てはしたものの、寺での扱いは酷いものだった。何しろ、名もなかったんだから」

総左衛門の声には、はっきりとした憤りが滲んでいた。

ほんの少し言いよどんだ総左衛門の言葉を、千尋が「話しづらいでしょう」という顔で笑んでから、引き取った。

「『おい』『男の方』『女の方』で、事足りましたから。自分達がどういう身の上かは、物心ついた頃から、和尚様に繰り返し諭されました。檀家の方々からも、色々聞かされました。言われるまでもなく、私達が双子だということは、分かっていましたし。どちらが先に生まれたかわからなかったから、兄と妹ということにしようと、二人で決めました」

双子は、互いに通じることが、歳の違う兄弟よりも多いのだと、聞いたことがある。そうして、自分達を虐《しいた》げる大人達の言葉から、少しずつ学び、色々なことを二人で身に付け、決めてきたのだろう。

そう思うと、腹が立つよりも切なかった。

千早が、嬉しそうに言った。

「私達のことを知った『伊勢屋』の旦那様が、引き取って下すったんです。千尋と千早、と名付けて下さったのも、旦那様なんですよ」

幸次郎が、「それで、恩人ですか」と応じた。

総左衛門が、顔を顰めた。

これは、照れている顔だと、晴太郎にもようやくわかるようになってきた。

「よく店に来る法師様から、二人と寺のことを聞いてね。大したことじゃないよ。生臭坊主共を、ちょっと脅して大人しくさせ、二人を連れ出したってだけさ」

それだけ言うと、ぷい、と明後日の方を向いて、総左衛門は黙ってしまった。

苦笑交じりで、千尋が続けた。

「旦那様は、『伊勢屋』で働くように勧めて下すったんですが、千早が我儘を言いました」

ぷく、と幼子の様に頰を膨らませ、千早が言い訳をする。

「だって。私、天狗《てんぐ》になりたかったのだもの」

身軽ですばしっこい千早は、「真っ当な子」に坊主達が話して聞かせる「天狗の物語」が、とても好きだった。

いつかは自分も「天狗」になるのだ。

「天狗」になって、そのじんつうりきで、千尋を連れてここから逃げ出すのだ、と。

敏《さと》くて落ち着いている千尋は、「妹のやりたいことを、やらせてやりたい」と言った。

だったら、と総左衛門は、二人を両国の芝居小屋に預けた。芝居と言っても、筋は子供だましのようなもので、鮮やかな軽業《かるわざ》や手《て》妻《づま》が売りの小屋だ。

小屋の主は、二人が双子だということも、承知の上で引き受けてくれた。

総左衛門が、ほろ苦く笑う。

「芝居小屋の主に言われたよ。もう少し考えて名を付けろ、とね。二人の生まれを言いふらしているようなものだ。町人の男子で『千尋』は、風変わりで目立つ。女子の『千早』は可哀想だ。二人に似合う名を、と必死で考えたのだけれど、言われてみたら、その通りだ」

どこか幸次郎を思わせるような弁の立ち方、落ち着きぶりの兄は、「とても深い」という意味の千尋、明るく元気、身の軽い妹は、「勢いのある」という意味の「千早振る」から千早。

似合いだと思うんだけどな。

晴太郎の内心が聞こえたように、双子が総左衛門へ身を乗り出した。

千早が、

「私は、好きです。この名」

と訴えれば、千尋も真摯な声で打ち明ける。

「嬉しかった。頂いた名が、二人に似合いで、兄妹揃いのようで。この世に二人でいてもいいのだと、言って頂いているようでした」

低く、穏やかに、「そうか」と、総左衛門が応じた。

晴太郎は、総左衛門が時折見せる、こういう「柔らかさ」が好きだ。

幸次郎が、落ち着いた声で逸れてしまった話を戻した。

「芝居小屋へ、二人を預けて、それからどうなったのですか」

「ああ、そうだったね」

頷いて語った総左衛門の話は、ざっとこんな風だった。

いい名だが、町中で暮らすには、やはり障りはあるだろうということになり、付けた名からそれぞれ一字ずつ使って、千尋は尋吉《ひろきち》、千早はお早《はや》と名乗ることにした。流行り病で一時に身内を全て失くした、同い年の従兄妹《いとこ》ということにした。

千早――お早は、軽業も芝居の立ち回りも、あっという間に鮮やかにこなすようになった。取り分け、やっとうは芝居の立ち回りに留まらず、その辺りの道場通いでは全く歯が立たないほどの腕前になった。

千尋――尋吉も、小屋の主が遊び半分で算盤《そろばん》を教えたところ、すぐに小屋の金子《きんす》の流れを仕切れるようになった。

寺での日々が嘘のような、穏やかで楽しい日々だった。

小屋の主がその座を息子に譲ることにしたのが、この年明けだ。桜の咲く頃には、全て息子に小屋を任せることになったと、総左衛門は聞かされた。

息子は、悪い奴ではないし、小屋の取り回しも達者にこなすが、噂好きで口が軽く、人の話を真に受ける、少々困った性質なのだという。

そんなこともあって、小屋の主は双子の生まれを自分の胸ひとつに収めてきたが、これからは、もし何かあっても、表だって庇ってやれない。勿論、危なっかしい息子に、今更打ち明ける訳にも行かない。

どうにか、二人の働き口を探してやってくれないかと、総左衛門は小屋の主に頼まれた。

そこへ、『百瀬屋』主夫婦の愛宕山《あたごやま》行きの話が、総左衛門の耳に入った。

ひとり日本橋室町の店に残されるお糸の為に、従兄が「用心棒を兼ねた女中」と、「使える手代」を探しているらしい、と。

幸次郎が、すう、と目を細めた。

「その話は、一体どこから」

総左衛門は、涼し気に答えた。

「色々、だよ。羊羹《ようかん》好きの医者とか、どこかの菓子司に金鍔をたかる八丁堀の旦那とか、だね」

岡《おか》の旦那と、久利庵《くりあん》先生か。

晴太郎は、苦労して笑いを堪えた。

岡は調子のいい振りで、久利庵は口の悪さで隠しているが、二人とも世話焼きで情が厚い。

お糸が仕切るようになったのがいい切っ掛けだ。『百瀬屋』と手打ちをしろ、というつもりで、総左衛門の耳に入れたのだろう。

うほん、と乾いた咳を挟み、総左衛門が「そういう訳だ」と締めくくった。

そろりと、双子の兄が訊く。

「いかが、でしょうか」

双子の妹が、頰に手を当て、ちょこんと首を傾げる。

「私もいい年になりましたし、さすがに、ここのところ、宙返《とんぼ》りが重くなってきまして。是非、『百瀬屋』のお嬢さんのお役に立ちたいと」

晴太郎は、幸次郎を見た。

幸次郎が、苦い溜息を吐いた。

「『名乗れもせず、素性も明かせないお人を、その理由も確かめずに置くことはできません』と言ったのは、兄さんですよ」

一言一句、よく間違えずに繰り返せるな。

胸の裡《うち》で、こっそり呟きながら、晴太郎はいつも店で言い合う時のように、言い返した。

「うん。名乗って貰ったし、素性も聞いた。店《うち》の前で、二人が鮮やかに掏摸をやりこめたとこも見てるし。だから、ここから先は幸次郎に決めて貰った方が、間違いないだろう」

弟の眉間に、皺が寄る。大仰な溜息をひとつ、呆れた声で呟く。

「なんだか、もうすっかり信じてしまった顔をしていますもんね」

弟の小言や遊びのような厭味は聞きなれたけれど、これは聞き流せない。晴太郎は言い返した。

「幸次郎なんか、素性を聞く前から信用してた癖に」

ぐ、と弟が言葉に詰まった。

すまし顔で、総左衛門が言う。

「ここに茂市がいたら、肩を震わせて笑いを堪えていたろうね」

千尋と千早が、顔を見合わせて、くすくすと笑い合っている。本当に栗鼠の様で、可愛らしい。

うほん。

今度は、幸次郎がぎこちない咳で、誤魔化した。それから、真面目な顔になって、総左衛門と双子を見比べる。

「なぜ、『藍千堂』で、従兄妹だと、尋吉とお早だと、名乗らなかったんです。そうすれば、すんなり『百瀬屋』で働けたでしょうに」

千尋の答えは、淀みがなかった。

「旦那様から、『藍千堂』の皆さんとお糸お嬢さんのことは、伺っていました。だから、どうしても嘘は吐きたくなかった」

幸次郎が、はっとして、そして首を淡い紅に染めた。

晴太郎も、尻の辺りがむず痒く、落ち着かない。

そんな褒め方は、良くない。照れ臭いこと、この上ないじゃないか。

そうですか、と応じた幸次郎の声が、ほんのちょっと、上擦っていた。

また、うほん、と久利庵のような咳ばらいをして、幸次郎が切り出した。

「小父さんの口利きで、兄がいいのなら、と言いたいところですが、お糸と『百瀬屋』

の番頭さんに、確かめさせてください。二人の生まれも、お糸と番頭さんには打ち明けます。芝居小屋での二人を見知った誰かと、ばったり会うこともあるでしょうし、今までと同じように二人は同い年の従兄妹とした方がいいでしょう。名も、芝居小屋で使っていた尋吉とお早としてください。それでいいなら、早速話を持って行きます」

千尋の切れ長の目が、心配そうに揺れた。

千早が、にっこりと笑って、「大丈夫」と言った。

「このお二人の従妹だもの。お嬢さんなら、きっと大丈夫」

お糸は心配ないだろうが、番頭さんは何というだろうか。父の先代清右衛門の頃から、『百瀬屋』大事だった男だ。

総左衛門が、双子を諭した。

「お前達は、心を尽くし頼めばいい。後は、あちらが決めることだ」

千尋が、きゅ、と唇を嚙み、頷いた。

双子が綺麗に揃った仕草で、手を突き頭を下げた。

「よろしく、お願いいたします」

ぴたりと重なった声は、雨上がりの空のように澄んでいた。

幸次郎から双子の経緯を聞かされても、お糸は顔色ひとつ変えず、晴れやかな笑顔で言い切った。

生まれ変わりだろうが何だろうが、構わない。自分は気にしない、と。

「それより、伊勢屋さんと従兄《にい》さん達が口を利いてくれた人って方が、大事よ。これほど頼れることとって、ないわ」

お糸の言いようが、誰よりも勇ましいし、頼もしかった。

少し哀しそうに、お糸は双子に詫びた。

「二人が兄妹だと隠さなきゃならないこと、折角伊勢屋さんに付けて貰った名を使わせてあげられないこと、どうか堪忍してね。とても哀しいけれど、私や従兄さん達のように考える人ばかりではないし、そういうお人から、私は『百瀬屋』を守らなければならないの」

千尋と千早——尋吉とお早は、夢中で首を横へ振った。

「私達は、元々そうしてきましたから」

「芝居小屋の親方がそうして下さったのと同じです。それはむしろ、私達を守って下さることになります」

「先ほど頂いた言葉だけで、もう私達は十分です」

そう、とお糸は、ほっとしたように頷いた。

晴太郎は、番頭の由兵衛《ゆへえ》を見て訊ねた。

「番頭さんは、どうかな」

慎《つつ》ましい面のまま、何も口を挟まなかった由兵衛が、軽く目を瞠《みは》る。

「どう、とおっしゃいますと」

そうね、とお糸も頷いた。

「訊くまでもないと、私は思うけれど。従兄さん達が心配しているようだから、念のため番頭さんの考えも聞かせて下さいな」

お糸に促され、由兵衛が、苦い、苦い溜息を吐いた。やれやれ、と続きそうな勢いだ。お糸はすっかり女主《おんなあるじ》のような、口の利き方だし、由兵衛は、かつて父がいた頃のやり手振りが、すっかり戻ってきているようだ。

戸惑って、顔を見合わせた晴太郎と幸次郎に、由兵衛が告げる。

「失礼を承知で、ここは敢えて、坊ちゃま方と、呼ばせていただきます。坊ちゃま方、わたくしめを、見くびらないで下さいまし。ここで、この二人を見放したら、あの世へ行った時に、お二人の母御、おしの様へ顔向けが出来ません」

咄嗟に、晴太郎は言葉が出てこなかった。

幸次郎が、小さく笑った。

「確かに。おっ母さんをまた泣かせるようなことは、出来ませんね」

晴太郎は、由兵衛と幸次郎を見比べて、訊いた。

「番頭さん、小間物屋さんの子のこと、知ってたのかい。幸次郎も、あの時のこと、覚えて――」

二人は、にっこりと笑うのみだ。

鼻の奥が、つんとした。

何かが眼から零《こぼ》れて来そうで、晴太郎は、二度、忙《せわ》しなく瞬《まばた》きをした。

双子が、問うような視線を、晴太郎達に代わる代わる送っている。由兵衛が、懐かし気に目を細め、答えた。

「『藍千堂』のお二人の母御は、それは優しく、真っ直ぐなお人だった。お二人は母御に似ておいでだ、ということだよ」

晴太郎は、声が湿らないよう気をつけながら、すかさず応じた。

「優しいのは、番頭さんも同じだよ。おっ母さんのことを覚えてくれていて、ありがとう」

刹那、由兵衛の顔が辛そうに歪んだ。

幼い頃から知っているこの男が何を考えているのか、手にとるように分かった。

清右衛門叔父の、晴太郎幸次郎に対する仕打ちを止められなかった、悔い。きっと、それこそ父母に顔向けが出来ないとでも、思っているのだろう。

だが、ここで由兵衛が詫びれば、またお糸も詫びなければならなくなる。

晴太郎としては、元の頼もしい番頭に戻ってお糸を支えてくれているだけで、十分だ。

自分と幸次郎を『百瀬屋』から追い出したのは、由兵衛ではないのだから。

晴太郎が由兵衛を目で止めている間に、幸次郎が話を変えた。弟も、同じことを考えていたようだ。

「それじゃ、尋吉とお早の従兄妹は二人とも、早速今日から『百瀬屋』に奉公するということで、いいですね」

「ええ、勿論。ねぇ、番頭さん」

「はい」

双子が顔を輝かせて、「よろしくお願い申し上げます」と頭を下げた。

幸次郎が、よし、という風に頷いて、話を続ける。

「初めの幾日かは、二人とも寝起きは『百瀬屋』で、昼間は菓子司の商いを覚えながら、『藍千堂』を手伝って下さい。お糸と番頭さんは、商いで手一杯でしょうから」

お願いします、とお糸が幸次郎に頭を下げた。続けて幸次郎は由兵衛を見た。

「番頭さん、済まないけれど、もう暫く『百瀬屋』で寝起きしてもらえないかな」

「勿論でございます」

安心した風に笑った幸次郎が、続けて何か言いかけて、ふと口ごもる。

そういえば、幸次郎はお糸が、『伊勢屋』さんの三盆白を断るんじゃないかって、案じてたっけ。

先刻の遣り取りを思い出し、晴太郎から切り出した。

「それからね、お糸。『伊勢屋』さんが、こちらで三盆白を使う気はないかって」

お糸が、目を丸くした。

由兵衛と顔を見合わせてから、頬を上気させて、訊き返す。

「使わせて、貰えるの」

「ああ」

「嬉しい。是非お願いします。こちらからもご挨拶に伺わなきゃ。ねぇ、番頭さん」

「はい、お嬢さん」

由兵衛の声も、弾んでいる。幸次郎がそろりと訊いた。

「いいのかい、お糸」

お糸が、首を傾げた。

こちらは、栗鼠の双子と違い、娘めいた柔らかな仕草だ。

晴太郎は、笑いながら告げた。

「幸次郎が気にしてね。自分の助力はお糸が断るんじゃないかって。でも、三盆白のことは、伊勢屋の小父さんから言い出してくれたんだよ」

お糸が、あ、という顔をしてから、困った様に訊いた。

「伸ばしてもらった手を断ったり、喜んだり。調子いいわよね」

「いいや」

「そんなことはないよ」

幸次郎と晴太郎の応えが、重なった。

「ありがとう。でもね、三盆白ばかりは、本当に嬉しい。どうやって、『伊勢屋』さんに頼もうかと思っていたところなの」

晴太郎が、弟に声を掛ける。

「お糸は喜ぶって、言っただろう」

幸次郎が、ちょっと情けない顔になった。自分より晴太郎の方がお糸を分かっていたことが、寂しいのかもしれない。

お糸が言った。心底嬉しそうに、少し遠い目をして。

「私が目指しているのは、伯父さん、先代の頃の『明るく賑やかで、職人ものびのびとしていて、でも見えない糸をぴんとはったような真剣さが満ちていた、甘い、いい匂いのする百瀬屋』だから。それにはまず、三盆白を『伊勢屋』さんのものに戻さないと。こんな風になってもうちの菓子を召し上がって下さる皆さんの為にも、そこは譲れないって、番頭さんとも話してたのよ」

お糸は、誰を見ているのだろう。遠い日、『百瀬屋』で過ごした自分達だろうか。それとも、『百瀬屋』を元に戻すと約束したという、逝ってしまった男の面影だろうか。

そんなことを考えて、晴太郎はすぐにやめた。

誰でもいいじゃないか。お糸が笑顔で、頑張れるのなら。

そんな思いのまま、晴太郎は声を掛けた。

「なあ、お糸」

「なあに、晴太郎従兄さん」

「ひとりで何とかしようという、お前の気持ちは分かる。商いのことも、菓子のことも、余計な手も口も出さない。だから、困った時は、いや、困らなくてもいい、俺達にお糸と『百瀬屋』を助けさせちゃあ、くれないか」

お糸が、唇を嚙んだ。ちらりと、幸次郎を見て、すぐに視線を逸らす。

由兵衛が背中を押すように、お糸を呼んだ。

「お嬢さん」

晴太郎は、続けた。

「お前が、『百瀬屋』とお客さんのことを一番に考えるのなら、そうしてくれ」

「でも」

「俺だって、幸次郎と茂市っつあん、佐菜やおさち、伊勢屋の小父さんに助けられて、ようやく『藍千堂』の主でございますって、顔が出来てるんだから」

腕を組んで胸を張ると、お糸が、ぷ、と噴き出した。

「大威張りね、晴太郎従兄さん」

「ああ、そうだよ。だから、お糸は俺よりも大威張りで、誰の力だって、借りられるだけ借りればいい」

お糸は、笑みを収め、暫く黙った後、迷いのない声で「そうね」と、呟いた。

「なりふりなんて、構ってられない。私の意地なんて、二の次よね。『百瀬屋』を立て直すのは、そんなに甘いことじゃない」

それから、晴太郎と幸次郎を見比べ、つい、と指を突いて、頭を垂れた。

「頼りにさせてください、従兄さん達」

晴太郎は、大きく頷いた。

「ああ、喜んで」

幸次郎が、ようやく晴れやかに笑った。

お糸と話してから十日、『百瀬屋』は、お糸と由兵衛、残った職人達の手で足りる商いを、細々と続けている。

ただ、いつでも『藍千堂』を頼れるようになった、ということが、お糸や奉公人達の支えになっているようだ。

また、幸次郎にとっても、長年『百瀬屋』の番頭を務めた由兵衛と話せるのは大きいらしい。

双子も、あっという間に菓子司の商いに慣れ、明日から『百瀬屋』へ戻ることになっている。

巻の梅は、もうしばらくは楽しめそうで『藍千堂』は大忙しだから、何をするにしても手際のいい尋吉がいなくなるのは正直痛いし、すっかりお早に懐いたさちは、寂しそうにしているけれど。

八つ刻、ひと休みの金鍔も二人は今日で食べ納めだねと、茂市の焼く金鍔のいい匂いを嗅ぎながら作業場で話していた時、店先から「もし」と声が掛かった。若い男だ。即座に幸次郎が、腰を上げた。

「はい、只今」

程なくして、幸次郎と若い男の声が聞こえてきた。

はっきり言葉までは分からないが、「梅見の対」の注文だろうか。幸次郎にしては、遣り取りに手間取っているようだ。

茂市と顔を見合わせたところで、幸次郎が途方に暮れた顔で晴太郎を呼びに来た。

小声で訊ねると、幸次郎も声を潜めて応じた。

「変わった誂《あつら》え菓子の注文です。受けていいものか、私では決められなかったので」

幸次郎が「決められない」なんて、どんな変わった菓子の注文だろう。

晴太郎は、少しわくわくしながら、立ち上がった。

晴太郎をお糸に見立てているお早も、すかさず後に続いた。

店にいたのは、二十歳《はたち》少し手前だろうか、仕立てのいい藍の小袖に共の羽織姿の町人だ。

肌は浅黒く、肩幅も胸板もがっしりしている。袖から覗く手は、節くれだって硬そうだ。

「お待たせいたしました。主の晴太郎でございます」

名乗って、男の向かいに腰を下ろすと、幸次郎は晴太郎の斜め後ろに座り、お早が音もなく土間へ降り、店の入り口で半身に構えるようにして立った。

お早の動きと合わせるように、尋吉もやってきて、店の隅に控える。

若い男が名乗るより先に、思いつめた顔で言った。

「こちらは、『変わり菓子』を扱っていると聞いて、参りました。目を悪くした者にも見える、梅の菓子をつくって貰えませんか」

「何事だい」

男の名は、喜助《きすけ》。歳は十九、京橋近くの材木問屋『相模屋《さがみや》』の跡取り息子だと名乗った。

晴太郎としては、言いたいことも訊きたいことも、色々あった。

色々な工夫をしているけれど、晴太郎は真っ当な菓子をつくっているつもりだ。「変わり菓子」と呼ばれるのは、少し、いや、かなり引っかかる。

そもそも、「変わり菓子」という代物は、どこかで売っているものなのか。

『藍千堂《うち》』が扱っていると、一体誰から聞いたのだ。

そんなあれこれを、ぐっと抑え——背中に刺さる幸次郎の視線が痛かった——、ようやく穏やかに訊き返す。

「目の悪いお人にも見える菓子、とは、どういった菓子をお望みなのでしょう」

「分かりません」

「はい」

訊き返した言葉尻が上がる。喜助が続けた。

「その工夫を、こちら様でしていただけないか、と」

幸次郎の気配が、怖い。

喜助に腹を立てているのか、今まで好き勝手をしてきたから、こういう困った客を呼んだのだと、晴太郎に怒っているのかは、分からないけれど。

晴太郎は、零れそうになった溜息を呑み込み、訊き方を変えた。

「では、その菓子は、どんな方が召し上がるのでしょうか。お好みや、おっしゃるような梅の菓子をお望みの経緯《いきさつ》など、お聞かせください」

喜助が苦し気に、顔を歪めた。

晴太郎は、喜助が口を開くのを待った。

目を悪くした誰かの為に、ということなのだろうが、その他にも言い辛い何かがありそうだ。

力にはなりたいが、もう少しとっかかりになるものが分からなければ、工夫の仕様がない。

長いこと待ってようやく、喜助が掠《かす》れた声を絞り出した。

「梅の花見を楽しみにしていた祖母に、見せてやりたいんです」

名は、とし。母方の祖母で、湯島天神の東、坂下町の小さな一軒家で独り暮らしをしていた。初めは目が霞むようになり、眩《まぶ》しさが気になるようになり、だんだんと見えづらくなっていった。今は、ぼんやりとした人影と、光の強い弱いが見分けられるくらいなのだという。

身の回りのことも何かとままならなくなったので、亭主を失くして出戻った喜助の従姉《いとこ》が、としの面倒を見ながら一緒に暮らしているそうだ。

晴太郎は、首を傾げつつ訊ねた。

「でしたら、部屋にいい香りのする梅の枝を飾る方が、喜ばれるのではないでしょうか」

喜助が、力なく笑って首を横へ振った。

「祖母は、梅の花を遠ざけています。祖母は、私に腹を立てているのです」

＊

喜助の母の実家は、一家で仲が良かった。

祖父は羽振りのいい大工で、子は女ばかり三姉妹、喜助の母は末娘だ。喜助が小さい頃は、梅の見頃になると、嫁に行った三姉妹が孫を連れて里帰りをし、揃って賑やかに花見に出かけたものだ。

それも、喜助が跡取り息子として、少しずつ商いを学び始めた頃に、立ち消えになってしまったけれど。

大工の祖父が亡くなってからも、祖母は坂下町の一軒家で暮らしていた。独り暮らしには広すぎる家で手入れも大変だろうから、嫁入り先の近くに越して来たらどうだと娘達は勧めた。

だが祖母は、自分のことは自分でできるし、亭主や娘達、孫達の思い出が詰まった家は手放せないと言った。

だから、折に触れ、孫達が祖母の様子を見に出かけるようになった。喜助は「若旦那」修業で手一杯になり、祖母のことは他の従兄姉《いとこ》達に頼りきりで、あまり顔を出さなかった。

偶々《たまたま》近くを通りかかった時、思い立って久し振りに立ち寄ったことがあった。

祖母は、大層喜んだ。

こんなに喜んでくれるのなら、足繁く訪ねればよかった。

小さな悔いが、ちくりと胸を刺した。

嬉しそうな祖母を見て、もっと喜ばせたくなり、つい調子に乗った。

「次の春は、近くの梅屋敷へ、梅見に行こうか」

祖母は、若い娘の様に頰を染め、くしゃりと顔を縮めて笑った。

喜助が帰るまで、幾度も、「楽しみにしているよ」と繰り返した。

だが、その約束を喜助は果たさなかった。

父から任される店のあれこれが、一気に増えたのだ。

新たに覚えることが山の様にあった。商売相手にも、片端から引き合わされた。荷降ろし、荷運びの男達に交じって材木を運ぶのも、楽しかった。男達は喜助を可愛がってくれたし、元々、商いやら算術やらよりも、身体を動かす方が好きだったのだ。

町に溢れる梅の香りを嗅ぐたびに、祖母との約束が頭を過《よぎ》ったのは、約束から三度目の春までか、二度目だったか。

背が伸び、声が低くなり、商い向けの笑みを何の苦労もなく浮かべられるようになった。

去年の春は、商い仲間に誘われ、近くの梅屋敷へ梅見に出かけた。

今年の梅の花もそろそろかと思った頃、母が沈痛な面持ちで喜助に告げた。

祖母が目を悪くした。目が霞み、光が眩しくなり、ゆっくり時を掛けて見えなくなる病だが、今はもう、好きな梅も見えていないだろう、と。

喜助は、坂下町へ走った。

なぜ、忘れていたんだろう。

せめて去年、梅屋敷へ行った時、どうして思い出せなかったのか。

そうしたら。去年なら、まだほんの少しでも、梅の花が見えたかもしれないのに。

庭へ駆け込むと、祖母が縁側で、背中を丸め、ちょこんと座っていた。

喜助が覚えていた祖母よりも、二回り小さかった。

「ばあちゃん」

祖母を呼んだ自分の声は、ざらついていた。

ゆっくりとこちらを見た祖母の目は、喜助の顔から随分とずれていた。

祖母は、どこか他人事のように、ぼんやりと言った。

「大人の男の声に、なったんだねぇ」

その声は、視線と同じ様に、喜助を逸れて、横を流れて行ったようだった。

名さえ、呼んで貰えなかった。

「ばあちゃん、おいら」

幼い頃の物言いが、口をついて出た。

「何しに来たの」

後ろから、棘のある声が掛けられた。振り向くと、従姉の蓮《れん》が、野菜の籠を手に、こちらを睨んでいた。

「お蓮従姉《ねえ》ちゃん、おいら、ばあちゃんと、梅の――」

「黙って」

蓮の悲鳴のような声に、喜助は言いかけた言葉を呑み込んだ。蓮はちらりと祖母を窺ってから、喜助に近づき、耳元で「来て」と促した。

喜助は、祖母を気にしながら、蓮を追って縁側の庭を後にする。

蓮が振り返ることもせずに向かったのは、勝手口だ。

従姉に続いて土間に入るや、蓮に責められた。

「今更、婆様《ばばさま》に何を言うつもりだったの」

「今更」でも、詫びたかった。

いや、そうじゃない。

もしかしたら、祖母は自分との軽い約束なぞ忘れているかもしれない。

ひょっとしたら、無沙汰の詫びだけで済むかもしれない。

祖母を傷つけずに済んでいるかもしれない。

だったら、香りだけでも楽しもうと、近くの梅屋敷にでも誘えば、きっと喜んで――。

「梅屋敷だの、約束の梅見だの、婆様の前で口にしたら、許さないから」

ぴしゃりと物思いを遮られて、喜助は蓮を見た。従姉の切れ長の目が、きゅ、と吊り上がる。

「私は」

「おいらじゃなくて、わたし。そうだった、跡取り修業でお忙しいんですものね。若旦那さん、随分とご立派になったもんね」

一言口を利くだけで、叱責や皮肉が十は返ってきそうだ。

怯《ひる》んだ喜助は、ただ、従姉を呼んだ。

「お蓮従姉さん」

「婆様との約束を、守って貰えないか。婆様の目がいよいよ悪くなり始めた春に、私、叔母さんに頼みに行ったのよ。でも断られたわ。喜助の跡取り修業を、実家のために邪魔したくないからって」

嫁ぎ先の店を一番に考える母らしいと、思った。けれど、その気遣いが今はただ、恨めしかった。

たった一日、いや、たった半日のことではないか。

喜助を責める蓮の言葉は続く。

「婆様、ずっと楽しみに喜助を待ってたのよ。あたし達他の孫に、『喜助が梅見をしようと言ってくれたんだよ。お前達が子供の頃に戻ったようで、楽しいだろうね』って、そりゃ嬉しそうに話してた。秋から冬は、梅が咲く日を指折り数えて。梅の気配がし出してからは、いつ喜助が梅見を誘いに来てもいいように、朝から日暮れまでずっと、まだ寒い縁側に座ってた。梅が散っても座ってた。夏が来てようやく『今年は忙しかったんだろう』って諦めるけど、夏の間はずっと寂しそう。そうして、秋にはまた『来年は』って楽しみにし出すの。喜助が孫の中で一番可愛かったんだもの、当たり前よね。皆揃っての梅見は婆様一番の楽しみだもの、当たり前」

目がいよいよ悪くなり、ひとりで暮らすのが不自由になってからは、亭主を失くして出戻っていた蓮が、身の回りの世話をしがてら、一緒に暮らすようになった。

蓮は仕立ての仕事をしているし、祖父の残した蓄えもある。生計《たつき》の心配はない。

蓮と二人暮らしになってからも、祖母は喜助を待ち続けたそうだ。

まだ、今年は見えるから、大丈夫。

きっと、来年も花の形くらいは分かるだろうから、梅見は出来る、そう言って。

喜助は、いたたまれなくなって、つい言い返した。

「私なんか待たないで、梅見でもなんでも、すればよかったんだ」

蓮が、冷ややかに告げた。

「誘ったわ、幾度もね。あんな恩知らず放っておいて、他の孫達みんな呼んで梅見をしようって。部屋に梅の枝を飾ろうって言ってみても、断られた。誘ってくれた喜助に悪いからって」

喜助は、堪えきれずにその場に膝をついた。

「ばあちゃん」

「今更悔いたって、婆様はもう梅の花の形も分からない。香りを嗅いだって辛いだけ。去年の秋と冬は『楽しみだ』って、一度も言わなかった。喜助の名を出すことも無くなった。ようやくすっかり諦められた頃に、のこのこやってくるなんて、因業《いんごう》にもほどがあるわ」

因業なんかじゃない。祖母を悲しませたかった訳じゃない。

せめて母が、祖母の目が悪くなり出した頃に打ち明けてくれていれば、自分だって。

喜助の腹の裡《うち》を見透かしたように、蓮が言葉で喜助を切りつけた。

「言っておくけど、叔母さんを責めるのは、お門違いよ。嫁に行くって、そういうことだもの。喜助が、婆様との約束を思い出せば済むことだった。知ってるわよ。商い仲間と梅見に行く暇は、あったんでしょう」

言い返す言葉は、何も見つからなかった。

蹲《うずくま》った喜助の背に、蓮の平坦な声が落ちてきた。

「二度と、ここへは来ないで頂戴」

＊

店の外で喜助を見送った幸次郎が戻ってきて、苦い溜息を吐いた。

「いいんですか、厄介な注文を受けてしまって」

『藍千堂』は、「変わり菓子」というものを、扱っていないこと。

自分達は「菓子屋」で、菓子を通してでしか、としの助けになることはできない。

それでもよければ、注文を受ける。

晴太郎は、喜助に伝えた。

これから菓子の味や工夫を考えるから、時が掛かると念も押した。

それでも、喜助は喜んで「どうか、よろしくお願いします」と頭を下げた。

晴太郎は、苦笑交じりに弟に応じた。

「幸次郎なら、断れたかい」

幸次郎が、もう一度溜息を吐いて呟く。

「断れませんね」

茂市が肩を震わせ、尋吉は遠慮会釈なく小さな声を上げて、笑っている。

そんな中、お早だけが、厳しい顔で土間から店の外を窺っている。

「お早、どうしました」

幸次郎の問いに、お早は振り返らず答えた。低く厳しい声だ。

「御武家様が、こちらを窺っていたので」

「梅見の対」が欲しかった客だろうか。

晴太郎は呑気に考えたが、幸次郎が面を引き締めた。身軽な動きでお早の側へ行き、

「どこです」と小声で訊く。

「今は、もう」

小さな間を空けて、幸次郎が低く窘めた。

「次からは、おかしなことに気づいたら、すぐに知らせなさい」

へにょりと眉尻を下げ、お早が「申し訳ありません」と詫びた。どんぐりを落として失くしてしまった栗鼠のようだ。

お早によると、晴太郎に付いて店へ出た時、表を通り過ぎた人影が、東の間店の前で立ち止まるような、妙な動きを見せたのだという。妙に思って土間で様子を窺うと、笠を目深に被った侍が、往来の向こうから店を窺っていた。

殺気だった様子も物騒な気配もなかったため、そっと見張っていると、喜助が店を出てすぐに、侍も立ち去ったそうだ。

まず口を開いたのは、尋吉だ。

「もうしばらく、『百瀬屋《あちら》』へすっかり移るのを延ばしましょうか」

晴太郎は、少し迷った。

『藍千堂《みせ》』はともかく、佐菜とさちのいる「西の家《わがや》」は少し気になる。今日は折よく、二人で久利庵の診療所を訪ねている筈だから、心配はないけれど。

二人は元々『百瀬屋』の奉公人だ。こちらで気になることがあったからといって、気軽に借りる訳にもいかない。

幸次郎が、声を落として言った。

「岡の旦那に、『西の家』へ足繁く立ち寄って頂くよう、お願いしましょうか。どうせ、八つ刻には毎日の様に店へいらしているのですから。ついでに、喜助さんのことも、調べて貰いましょう」

弟よ、八丁堀の旦那のことを、どうせ、だの、ついで、だので語るのは止めておくれ。

心の裡で願いつつ、笑いを堪え損ねている茂市を横目で見つつ、晴太郎は辛うじて
「ああ、そうだね」と、応じた。

黒巻羽織が出入りしている家となれば、相手が武家でもそうそう手は出せないだろうから、有難い。

笑いの交じる声で、茂市がそっと口を挟んだ。

「御新造様の手土産に金鍔を仕度しやしょう」

「そうしてくれるかい」

お早が、続ける。

「私も、時折様子を見に参ります」

「うん。でも、『百瀬屋』を一番に動いておくれ。取り敢えず、久利庵先生のところへ、佐菜とさちを迎えに行ってくれないか」

「畏まりました」

言うが早いか、お早は音もなく『藍千堂』を後にした。

幸次郎も続けて立ち上がる。

「では、私は岡の旦那へお願いをしに参ります。尋吉は、店番をしながら外の様子に気をつけて」

先刻まで賑やかだった作業場が、茂市と晴太郎二人になり、しんと静まった。

こちらの様子を窺っていた侍は気になるが、晴太郎に出来ることはない。幸次郎とお早が動いてくれている。店番は尋吉がしてくれている。

ならば、自分が出来ることをするまでだ。喜助には時が掛かると伝えたが、梅の菓子なら梅が見頃の間に合わせなければいけない。

さて、と晴太郎は呟いた。

「おとしさんにも見えるような、梅の菓子、か」

すかさず、茂市が話に乗ってくる。

「手で触るか、香りか、味ってとこでしょうね」

「触って見るなら、形か、手触りか。落雁《らくがん》、寒天、練り物、やり様はあるけれど」

「わざわざ、菓子でつくるまでも、ごぜぇやせんか」

「香りは、難しいだろうね」

へぇ、と茂市も渋い顔で頷く。

梅の花の香りを菓子に、どうやって移したらいいのか分からない。それに、としは、部屋に梅の枝を飾ることも断ったというから、受け取っても貰えないだろう。

味なら、食べて気づくということもあるだろうけれど、梅の花の味というのも、難しい。

晴太郎は、唸った。

「そもそも、食べて貰うのが難しそうだねぇ」

茂市が、哀しそうな顔になった。

喜助の話を聞く限り、としはすっかり気落ちしているだろうし、梅も喜助も遠ざけたいのかもしれない。

何より、梅や喜助に纏《まつ》わるもの全て、従姉の蓮が、としに近づけさせてくれないだろう。

茂市が、ぽつりと零した。

「喜助さんも、気の毒なこって」

晴太郎も、うん、と頷いた。

一番気の毒なのは、としだと思う。

忙しさにかまけて祖母を放っておいた喜助は、褒められたものではない。

としの目のことを知ってからの、言い訳めいた話も頂けない。蓮が腹を立てるのも当たり前だ。

ただ、その経緯を、いくら誂え菓子を頼むためとはいえ、今日初めて会った菓子屋に包み隠さず打ち明けた喜助の胸の裡を考えると、切なくなってしまうのだ。

全て語った後の喜助の言葉を、晴太郎は思い返した。

――祖母に私が二度と会わせて貰えないのも、恨まれるのも、仕方ありません。でも、私のせいで、好きだった梅、楽しかった梅見の想い出が、祖母にとって辛く哀しいものになってしまった。そのままに、しておきたくないんです。本物の梅が辛いなら、せめて梅を思い起こせるようなものを、祖母に渡したい。それで、また梅が好きになってくれたら。

喜助は、許されようとは思っていないのだ。

蓮とのやり取りが「言い訳」に聞こえるように、晴太郎達に語ったのがその証だ。喜助は、ただ悔いているだけ。酷いと詰《なじ》られることも覚悟して、それでも祖母に「梅」を取り戻させたいと、願っている。

それに――。

「なんだか、他人事じゃあない気がして、ね」

晴太郎は、ぽつりと白状した。

茂市も、ほろ苦い顔で頷く。

「まったくで」

晴太郎も茂市も、つい、忙しさにかまけてしまうことがある。菓子に夢中になると、他のことが見えなくなるのは、しょっちゅうだ。

気づかないうちに、佐菜やさちに寂しい思いをさせているかもしれない。

寂しいだけなら、まだいい。いや、よくはないが。

二人の話に耳を傾けるのを、疎《おろそ》かにし出したら。

二人が、忙しい晴太郎を頼ることさえ、気遣うようになったら。

いつか、取り返しのつかないことに、なる。

茂市も同じことを考えていたようだ。

「気を付けよう」

「そう、いたしやしょう」

互いに重々しく頷いて、「梅の菓子」の話に戻る。

「せっかく、菓子屋《うち》を頼ってくれたんだから、菓子の味でなんとかしたいね」

晴太郎が呟くと、茂市が何か思い出した顔で、小さく笑った。

「茂市っつぁん」

どうしたのか、と名を呼んで問いかけると、茂市が笑みを深くした。

「いえね。小っちぇえ頃のこと、女房のお梅《うめ》のこと、ちょいと思い出したんでございますよ」

茂市の父親は茂市が赤子の頃に、女手ひとつで育ててくれた母親は、十二の時に亡くしたと、晴太郎は聞いていた。

茂市は、少し遠くを見るように目を細め、続けた。

「おっ母ぁは、いつも忙しそうにしていやしたが、あっしが風邪を引いた時だけ、つきっきりで看病してくれやしてねぇ。あん時に飲ませて貰った薬が、とろりとして、大層美味《うま》かった」

晴太郎は、首を傾げた。

「薬が、美味かったのかい」

「へぇ。家主が作ってた梅酒でさ。気前のいい家主でねぇ、子供が風邪を引くと、『飲ませてやれ』って、湯呑になみなみ一杯」

ふうん、と晴太郎は相槌を打った。

梅酒は、熟れかけた生の梅を、藁《わら》の灰汁《あく》であく抜きし、古い酒に砂糖を加えたものに二十日ほど漬け込んだ酒だ。酒というよりは薬として扱われ、引きかけの風邪によく効く。砂糖をかなり使うので、確かに家主は気前のいい人だったのだろう。

茂市が、続ける。

「あっしの女房のお梅も、店の砂糖を使って、梅酒を漬けてやした。三盆白じゃなく、黒砂糖でしたけどね。あっしがちょっと風邪を引いただけで、飲め飲め急かす癖に、自分が風邪の時は『勿体《もったい》ないから』って、口を付けようとしねぇ。喧嘩っていやあ、もっぱら梅酒を飲む飲まねぇでしたっけね。お梅も、名の通り、梅の花が好きでねぇ」

それから、茂市は少し寂しそうに、こそばゆそうに笑った。

「不思議なもんでごぜぇやすね。梅の実は、花とは匂いが違ぇやすし、酒に漬けちまったんじゃあ、酒の匂いが勝つってのに、梅の花が咲くと、風邪を引いた時の梅酒の甘くて、ちょいとつんとした味、それからおっ母ぁやお梅の顔を、思い出すんでごぜぇやすよ」

晴太郎は、茂市へ身を乗り出した。

「それだ、それだよ、茂市っつあん」

晴太郎の勢いに、腰が引けた様子の茂市が、引き攣《つ》った笑いを浮かべた。

「それ、ってのは、梅酒のことで、ごぜぇやすか」

茂市は戸惑いも露わだ。

「うん」と、晴太郎は大きく頷いた。

「風邪の薬で、ごぜぇやすが」

「でも、甘いじゃないか」

「酒の匂いも、いたしやすが」

「そこは、塩梅《あんばい》でどうにでもなるだろう」

「一体、梅酒をどうお使いになるおつもりで」

晴太郎は、ううん、と唸ってみせた。

「どうしようね。取り敢えず、白餡とは合うと思うんだけど」

茂市は、半信半疑の顔で、頷いた。

「でしたら、三盆白を使った梅酒がよろしゅうごぜぇやすね」

「そんな贅沢な梅酒、なかなか作らないかなあ」

晴太郎の言葉に、茂市がにんまりと笑った。


「とと様、とと様だぁ」

晴太郎が神田横大工町《よこだいくちょう》にある久利庵の診療所を訪ね、勝手で声を掛けると、裏の庭から真っ先にさちが飛び出してきた。

可愛い。

毎日、朝も、佐菜に連れられてさちが店に来る昼も、西の家に戻る夕も、いつだって顔を見ているのに、見るたびに可愛い。

「やあ、おさち」

大喜びの娘を笑顔で抱き上げると、さちは澄んだ笑い声を上げてはしゃぐ。

肩車をするたびに、重くなるなあ。

あっという間に育っていくだろう娘を見守るのは、嬉しくもあり、寂しくもある。

そんなことを考えていると、勝手から佐菜が顔を出した。

少し首を傾げて、「お前様」と晴太郎を呼ぶ仕草に、晴太郎は性懲りもなく見惚れた。

佐菜は、今日も綺麗だ。

「佐菜」

晴太郎のすぐ前まで来て、佐菜は訊ねた。

「どうなさいました」

「うん、ちょっと久利庵先生に頼みがあってね。どうせなら一緒に帰ろうと思って」

さちと佐菜に遅れてやってきたお早は、晴太郎を見るなりあきれ顔だ。

本当に、久利庵先生に用があったんだ。二人が心配で迎えに来たんじゃないったら。

視線で言い訳をしたが、あの顔は、恐らく信じていない。

言っても無駄だと諦め、佐菜とさちに向かう。

「佐菜、勝手の手伝いの途中だったんだろう。私はいいから、戻っておくれ。おさち、もうちょっと、庭で遊んでいてくれるかい」

「ええ、お前様」

「はぁい」

二人のいい返事に笑顔で応え、お早に母娘のことを頼み、晴太郎は庭を通って診療所へ向かった。

久利庵は、心配そうな母親に抱かれた幼子を、のんびりと、丁寧に診ているところだった。

幼子をあやし、おろおろする母を宥めながら、胸を触り、背中をとんとん、と優しく叩き、肌や口の中を確かめる。

久利庵が、ちらりと晴太郎を見たので、縁側の前から軽く会釈をする。

久利庵は、知らぬ顔で母親に告げた。

「大して心配はいらんよ。熱さましの薬を出すから、帰ってから煎じて飲ませてやりなさい。明日になっても熱が下がらんようなら、また来なさい」

ほっとした様子で、幾度も久利庵に頭を下げ、子を抱いて帰った母と入れ替わりに、晴太郎は診療所へ上がり込んだ。

「ご無沙汰しています、久利庵先生」

久利庵は、皺くちゃで口は悪いが、元は千代田の御城で御典医を務めていたほどの、腕利きの医者だ。晴太郎と幸次郎の母、おしのを娘の様に思っていて、父にはちょっとした負い目があり、そんなこんなで、何かと兄弟の力になってくれる。

無類の甘いもの好き、茂市の店の頃からの贔屓《ひいき》客で、今でも、さっぱりと口当たりのいい「茂市の煉《ねり》羊羹」を買いに、足繁く『藍千堂』へ通ってくれる。

かかと、久利庵は闊達な笑い声を上げた。

「おう、お佐菜さんとおさちを借りておるよ」

佐菜は久利庵に助けられ、この診療所でさちを産んだ。だから、折に触れ久利庵を手伝いに、診療所へ通っている。勿論、晴太郎にとっても恩人だ。

「こちらこそ、お邪魔しています」

言いながら、茂市が持たせてくれた「茂市の煉羊羹」を二棹《さお》渡すと、皺深い顔が、更に皺深くなった。

「いつも済まんな。今日はお佐菜さんから落雁を貰ったばかりなのになあ」

佐菜とさちには、落雁を持たせている。小ぶりで色々な形や色の落雁をさちと抓《つま》むのが、久利庵の楽しみなのだ。

ほくほくと羊羹を受け取りながら、久利庵が訊いた。

「で、お前さんは何の用だい」

「実は、少しばかりお願いがありまして」

「おう」

「先生は、診療所で梅酒を仕込んでいると、茂市から聞きました」

「痰やら、のどの痛みに効くからな。滋養にもいい」

「酒と実を少しばかり、分けて頂きたいのですが」

「たっぷり仕込んでおるから構わんが、誰か風邪を引いたか。実は何に使う」

「どちらも、菓子に」

久利庵が、茂市と同じような顔をした。

「薬だぞ」

「はい。ですが先生が仕込まれておいでなら、砂糖はたっぷり、でしょう」

「ううむ。まあ、そうだが」

「砂糖は何をお使いか、伺っても」

「『伊勢屋』の三盆白、唐ものだ」

晴太郎は、微笑んだ。

やっぱり、茂市と話した通りだった。

「茂市の煉羊羹」や『藍千堂』の落雁を好む久利庵なら、きっと梅酒にも『伊勢屋』の三盆白を使っている。しかも、雑味のない、すっきりとした唐ものだ。

ううむ、ともう一度唸ってから、久利庵が立ち上がる。

「味見してみるか。薬で味見ってのも、なんだがな」

晴太郎は、わくわくと答えた。

「是非」

日が落ちきる前に、佐菜とさち、お早と西の家へ戻る。

お早には、そのまま『百瀬屋』へ戻って構わないと告げたのだが、それでは「護り」にならないと断られた。

佐菜には診療所で、昼間の怪しい侍のことを伝えた。

少し顔色を変えたが、「そうですか」と応じた声も、佇《たたず》まいも、落ち着いたものだ。

むしろ、店と晴太郎や茂市、幸次郎を心配された。

西の家へ戻ると、茂市も幸次郎も先に戻っていた。

岡は大喜びで、早速明日から、毎日八つ刻に『藍千堂』と西の家へ顔を出すと請け合ってくれた。更に、暫くは手下に、店と西の家を見張るよう手配りをしてくれたそうだ。

揃って佐菜が作った夕飯を食べてから、晴太郎と茂市は『藍千堂』へ戻った。

忙しさにかまけないように。菓子づくりに夢中になり過ぎないように。

そう二人で、決めたばかりなのに、ちょっと自分が情けなくなって、晴太郎は佐菜に「済まない」と詫びた。

佐菜は、笑って告げた。

「思う存分、なさいませ。ですが、寝る間を惜しんではいけません」

佐菜は武家の生まれだ。行儀見習いを兼ね、松沢雪《ゆき》の実家で奉公をしていたこともある。町人となり、町場で暮らしてもその折の物言いが抜けないらしい。

けれど晴太郎は、佐菜の話し様が好きだ。

武家の匂いがするのに、堅苦しくなく、ただ、柔らかくまろやかで、優しい。

つい緩んだ頬を、佐菜に見咎《とが》められ、「お前様」と問われる。

慌てて、きりりとした笑顔を取り繕って――傍目にもきりりとして見えたかどうかは、ちょっと心許ない――、頷く。

「うん、わかった」

さちは、ちょっと拗ねた顔で、それでも聞き分けよく晴太郎と茂市を送り出してくれた。

「いってらっしゃい、とと様、もいっ、いっちゃん」

たちまち、茂市の顔がだらしなく緩む。

このところ、さちは晴太郎や幸次郎の真似をして、「茂市っつあん」と呼ぶ。いや、当人は、ちゃんと「茂市っつあん」と呼んでいるつもりらしいが、可愛い舌の長さが足りないのか、どうしても「もいっちゃん」になってしまうのだ。

そして茂市は、さちにそう呼ばれるのがかなり嬉しいらしい。

二人でへらへら笑っていると、呆れた幸次郎に、「さっさと行って、さっさと帰ってきてください」と叱られた。

とぼとぼと、茂市と二人店へ向かったが、作業場に入れば、もう「梅の菓子」の工夫で頭がいっぱいになった。

まず、茂市に久利庵の梅酒を飲んで貰う。持っていけ、と丸ごと貰った壺から、柄杓で湯呑にひと口分注ぐ。淡い琥珀《こはく》色をした濃い梅酒が、とろりと揺蕩《たゆた》いながら、湯呑に落ちた。

それだけで、酒と梅、そして砂糖のいい匂いが、作業場に漂う。

茂市が、小さく鼻を鳴らして匂いを確かめ、口に含んだ。

「甘《あも》ぅ、ごぜぇやすね」

少し難しい顔で呟いた茂市に、晴太郎は少し笑って応じた。

「久利庵先生らしいだろう」

久利庵の梅酒は、他の梅酒に比べて随分と甘みが濃い。この甘みを『伊勢屋』の三盆白で出しているのだから、なんとも贅沢な梅酒だ。

かと言って、法外な値で出している訳ではなく、気軽に、長屋の年寄りにも、少し喉が痛いという近所の子供にも飲ませているのだ。砂糖の甘みが濃いから、薄めれば幼い子も喜んで飲むのだという。

もっと気軽に食べられる菓子を、と工夫はしているが、自分はまだまだだ。

晴太郎は、久利庵の梅酒を口にして、しみじみ考えた。

とはいえ、このまま菓子に使うには、酒の匂いも味も強すぎる。さて、どうしたものか。

茂市が、晴太郎の思案を汲み取ったように言う。

「白餡と合わせるには少しばかり甘みが強いのも、気になりやす。琥珀にするってぇ手もありやすが」

琥珀とは、寒天で固めた菓子のことだ。同じ寒天を使う煉羊羹に比べて、色も細工も華やかなものが多い。

言い淀んだ茂市の考えは、きっと晴太郎と同じだろう。

としの心を癒し、改めて梅を楽しんでもらう菓子としては、少しばかり身も蓋もない。

「もう少し、つつましやかな『梅』がいいね」

「へぇ」

あからさまな「梅」の味、香りは、としにとって辛いだろう。

例えば、曲がりくねった山道を通って、ひっそりと咲く梅の木に辿り着くような。

食べているうちに、ああ、そうだ、と思い至って貰えるような。

そういう菓子がいいだろう。

だから、茂市の思い出話を聞いて、梅酒ならいけると思ったのだ。

実は香りが違うのに、なぜか梅の花を想い出す、と。

そんな回り道をして辿り着いた「梅」は、きっととしの心に優しく触れるはずだ。

「『梅見の対』くれぇの、ちっけぇのがよさそうでしょうか」

晴太郎は、頷く。

目が悪くなるにつれ、としは食も細くなったそうだ。

大きな菓子より、ひと口二口で食べられるものが、いいだろう。

ちいさ菓子なら、手ごろな大きさだ。

「小さくて、優しくて、遠回りな菓子、か」

茂市と二人、考え込む。

「白餡の中から、煮詰めた梅酒がとろりと出てくるのは、いかがでしょう」

ああ、と晴太郎は笑った。

「それ、来年の梅見の頃の菓子に、いいね。また、酒飲みのお客さんに喜ばれそうだ。今年の梅の実で、うちでも梅酒を漬けようか」

「それは、ようごぜぇやすね。いざって時の、おさち嬢ちゃまの薬にもなりやしょう」

「すっかり、爺様だねぇ、茂市っちゃん」

からかったはずが、ふにゃ、と蒸したての饅頭《まんじゅう》が萎《しぼ》むような柔らかさで、笑われた。

寄ってたかって甘やかされても、家《うち》の娘がいい子なのは変わらないから、安心だけれど。

「蒸したての饅頭、か」

逸れた自分の考えから、小さな切っ掛けを拾い出す。

「晴坊ちゃま」

「茂市っつあん、どうせなら、食べ心地も似せたら、どうだろうか。ふんわり咲いて、ふんわり香る春の花を、なんとなく思い起こさせるような」

「なるほど、なるほど」

二度、茂市が頷いた。

暫く黙りこくっていた二人が、同じ間合いで顔を上げた。

『薯蕷《じょうよ》饅頭——』

同じ言葉が綺麗に重なって、二人で笑い合う。

薯蕷饅頭は、擂《す》った山芋と粳米《うるちまい》の粉、砂糖を擂り混ぜたものに餡を包んだ、饅頭だ。漉《こ》し餡を包むのがお決まりで、何の捻りもない分誤魔化しが利かず、「菓子屋の力を測る菓子」とも言われている。

晴太郎は、嬉しくなって続けた。

「うちのいつもの薯蕷饅頭よりも、ふんわり軽く仕上げよう」

「でしたら、つくね芋がよろしゅうございやすね」

山芋は擂ると粘りの出る身の白い芋だ。つくね芋は、拳骨のようにごつごつとして、山芋の中でもとり分け水気が少なく、粘りが強い。しっかり丁寧に擂れば、ふわっと仕上がるはずだ。

「粉は後から、皮の仕上げの時に入れてみようか」

「へぇ」

「餡は、どうしようね」

折角饅頭の皮をふんわりさせるのに、餡の水気が多くては台無しだ。梅酒を直に混ぜ込む塩梅が、難しいかもしれない。水気を抑える策はないものか。

そこまで考えて、晴太郎ははっとした。

初めから、水気の少ないものを使えばいい。

梅酒の壺の底から、しわくちゃの梅の実を取り出す。

「これ、擂り下ろして白餡に混ぜたら、どうだろう」

茂市の顔が、楽し気に輝いた。


工夫は尽きなかったが、それを菓子に落とし込むのに、苦労をした。

ふんわり軽い皮はすぐに出来たが、饅頭を「梅見の対」と同じ、指先三本の上に乗る小ささにするのに、骨が折れた。

皮の厚さ、蒸し加減、色々変えて幾度もつくり、丁度いい塩梅を見つけ出した。

白餡は、梅の実を細かくおろしたものを混ぜる。こちらも、梅が優しく伝わる加減を探すのに少しかかった。

茂市が、真ん中に少し梅を濃くした小さな餡玉を仕込むことを思いついてくれた。

一口で食べても、ふた口で食べても、後味に少し濃い梅が香る感じが、嬉しい。

ふんわりとして真っ白、玉のような形にした小さな薯蕷饅頭を、梅の花びらの様に五つ、ぐるりと並べる。真ん中に、薯蕷饅頭よりも小さな白餡の玉に山吹色のきんとんを塗《まぶ》したものを。

「ちいさ菓子」と餡子玉を並べただけなので、ひとつの菓子ではないけれど、これで、見た目にも梅になった。

「ようございますね」

茂市の呟きに、晴太郎も「ああ、よさそうだね」と応じた。

喜助が店へやってきてから五日、昼間は「梅見の対」で手一杯なので、西の家で夕飯を食べてから茂市と二人、店へ戻ってつくり続け、ようやく仕上がった。

佐菜は「食べるのがもったいない」と、幸せそうな溜息を吐いてくれるだろう。さちは目を輝かせ、味や舌触りをじっくり確かめる。

お糸なら「可愛い」と言いそうだ。

誂え菓子として届けるなら、黒漆の小さな井籠《せいろう》が、店で売るなら、杉の板に載せて竹皮で包めばいいだろう。

幾人かで分け合ってもいいし、ひとりで楽しんでもいい。

新しい「ちいさ菓子」として、売り出せないだろうかとは思ったが、まずは喜助ととしだ。

いや、その前に幸次郎か。

そう思っていると、勝手口から当の弟がやってきた。

「兄さんと茂市っつあんの顔つきからして、今夜あたり仕上げかと思いまして」

晴太郎は、茂市とこっそり苦笑し合った。

どうやら『藍千堂』の商いの要は、職人二人の顔つきから色々読み取れないと、務まらないらしい。

幸次郎は、梅の薯蕷饅頭を喜んだ。

「久利庵先生の梅酒は、いつ漬けたものなのですか」

「去年のものだそうだよ」

「でしたら、早速うちでも漬ければ、来年から使えますね」

茂市が、くすくすと笑った。

「晴坊ちゃまも、おんなじことをおっしゃってやした」

幸次郎が、むっつりと言い返す。この「むっつり」は、照れ隠しだ。

「それは、兄弟ですから」

ここで晴太郎まで笑ったら、幸次郎は臍《へそ》を曲げる。必死でこらえながら、薯蕷饅頭に話を戻した。

「来年の梅見の頃、『梅見の対』と一緒に『ちいさ菓子』として出したらどうだろう。酒好きにも喜ばれると思うんだけど」

幸次郎は少し考え込んでから、首を横へ振った。

「『梅見の対』だけで、この忙しさですよ。薯蕷饅頭をあまり安売りするのも、良くないかと」

晴太郎も、そうか、と頷いた。

幸次郎の言う「安売り」は、値を下げるという意味ではない。

薯蕷饅頭は、店の力を示す菓子。進物としても使われる。「薯蕷饅頭」は「薯蕷饅頭」として、花見や「ちいさ菓子」を前に出すべきではない。幸次郎は、そう言っているのだ。

幸次郎が、思案しながら、ひとつひとつ言葉を紡ぐ。

「酒飲みに喜ばれそうだ、というのは、確かにそうですね、ひとつの売りになるでしょう。でもそれは、『梅見の対』のように、召し上がって頂いた方々の評判に任せる方がいいかもしれません。それより、この菓子に合わせた杉の箱に詰め、紅白の水引で括《くく》りましょう。梅を模した、季節のいい進物になりそうです」

弟の商才が、冴え渡っている。

晴太郎は、内心で舌を巻いた。

幸次郎が、晴太郎に訊いた。

「この菓子の名は、どうしますか」

晴太郎は、首を横へ振った。

「おとしさんに食べて貰うまで、『梅』に纏わる名は、付けない方がいいだろう」

果たして、食べて貰えるのだろうか。

三人は、互いに顔を見合わせ、小さく溜息を吐いた。


「梅の菓子」が出来たことを知らせると、喜助は飛んできた。

杉の箱は、無理を言って、茂市の知り合いの小間物職人に作って貰った。

梅には通じなくても、涼風のような杉の香りは、目を悪くしたとしの心を和ませてくれるだろう。

小さな箱の中に、梅の花を模して収まった薯蕷饅頭と餡子玉を、喜助は瞬きを忘れたように見つめた。

梅の花を思い起こさせる、ふんわりとした皮に仕上げたこと、中の白餡には梅酒の梅の実を混ぜ込んだこと、ゆっくりと味わい、ゆっくりと楽しかった梅見を懐かしんで貰えるように工夫をしたこと。

晴太郎が伝えると、喜助がくしゃりと、顔を歪めた。

「味を、確かめられますか」

幸次郎の問いに、喜助は首を横へ振った。

項垂《うなだ》れ、小さな声で告げる。

「色々、考えて下さってありがとうございます。これを、坂下町の祖母へ届けて貰えますでしょうか」

晴太郎と幸次郎は、顔を見合わせた。

晴太郎が訊く。

「喜助さんがお持ちになった方が」

喜助が、顔を上げて晴太郎を見た。困ったような、寂し気な笑みを浮かべ、また首を横へ振る。

「私は、従姉に『二度と来るな』と、言われていますから」

幸次郎が、軽く息を吐いて、言った。

「手前共だけで届けても、おばあ様の手に菓子は渡らないと思いますよ。誰からの届け物かと訊かれるでしょうから」

「そこは、なんとか誤魔化して貰って。ああ、そうだ、母の名を出して貰えれば――」

考える間もなく、晴太郎の口から言葉がこぼれ落ちた。

「また、おとしさんから逃げ出すんですか」

幸次郎が、窘めるように「兄さん」と呼んだ。

喜助が、傷ついた顔をした。

晴太郎は、喜助の眼を覗き込んで、語り掛けた。

「ねぇ、喜助さん。おとしさんは、ただ梅を見たかった訳ではないのでしょう。お前さんと、花見がしたかった。小さなお孫さん達と行った梅見が懐かしかった。だから、お蓮さんの誘いも断り、梅の枝も遠ざけて、喜助さんが来てくれるのをずっと待っていた。そうですよね」

喜助が、辛そうに背中を丸め、再び面を伏せた。

責めてるんじゃぁ、ないんだ。

そう念じながら、晴太郎は続けた。

「だったら、喜助さんがいなきゃあ、おとしさんが楽しみにしていた梅見は、いつまでも始まりませんよ」

ぐす、と、喜助が鼻を鳴らした。

幸次郎が、淡々と続ける。

「手前共といたしましても、ご注文いただいた『誂え菓子』の出来栄え、、、を、注文主の喜助さんに確かめて頂かないことには、仕事が終わりません」

晴太郎は、ちらりと幸次郎を見た。

俺を窘めた割に、幸次郎の背中の押し方だって、随分身も蓋もないじゃないか。

照れ屋で素直ではない弟は、すました顔で知らぬ振りだ。

けれど、幸次郎だって願っている。

としが、少しでも喜んでくれればいい。悔いている喜助の心が、少しでも軽くなればいい。

そのために、あれこれ工夫をしたのだ。

ぽつりと、喜助が呟いた。

「私だって、もし祖母が喜んでくれるのなら、その顔が見たいんです。でも、ひとりでこれを届けても、きっとお蓮従姉さんは許してくれない」

晴太郎は、幸次郎を見た。弟が小さく頷くのを見て、切り出した。

「でしたら、一緒に届けに行きませんか。少し考えがあります」

「これは、何の真似なの」

蓮が、晴太郎の肩越しに、後ろにいる喜助へ、棘のある問いを投げつける。

晴太郎は、幸次郎を真似た笑みを浮かべて――頰はかなり引き攣っていたが――蓮に名乗った。

「手前は、神田相生町《あいおいちょう》の菓子司『藍千堂』の主、晴太郎と申します。こちらにお住いのおとしさんに、菓子をお届けに参りました。後ろに控えておりますのは、手前の店の者にございます。ただの荷物持ちですので、どうぞお気遣いはご無用に」

きゅ、と蓮が唇を嚙んだ。鋭い視線を、晴太郎にひたと向ける。

喉が鳴りそうになるのを、晴太郎はどうにか堪えた。

細い息を吐き出し、軽く目を伏せ、蓮が冷ややかに応じた。

「そうですか。ですがうちは、菓子なぞ頼んでいません。どうぞ、お引き取りを」

「ええ、ご注文なすったのは『相模屋』の若旦那、喜助さんです」

「でしたら尚更、祖母にそんな菓子を食べさせる訳にはいきません」

晴太郎は、食い下がった。

「菓子に、罪咎《つみとが》はございません。職人がおとしさんの為に丹精込めてつくりました。ただ、美味しい菓子として、召し上がってはいただけませんか」

取り付く島もなかった蓮が、小さく怯んだ。

「どんな、菓子なんですか」

訊いた蓮の声は、申し訳なさそうで、戸惑っているようで、先刻までの尖った様子が随分と和らいでいた。

晴太郎は、にっこり笑って答えた。

「薯蕷饅頭と申しまして、皮にはつくね芋を混ぜてあります。餡の砂糖とちょっとした隠し味、みな、精の付くものばかりです。小さくつくってありますので、食が細くなったとおっしゃるおとしさんも、召し上がりやすいかと」

「薯蕷饅頭なら、知っているわ」

蓮が、考え込む顔になった。

「そうね。甘いものなら、食べてくれるかも」

呟いてから、ちらりと喜助を見た。

喜助が、蓮に訴えた。

「ばあちゃんの、顔を見るだけでいいんだ。菓子を食べるところを見られたら、それで十分だから」

蓮は暫く喜助の顔を見ていたが、ゆっくりと視線を外して告げた。

「婆様に気づかれないよう、静かにしていて頂戴。藍千堂さんとおっしゃいましたか。

どうぞ、こちらへ」

「有難う存じます」

応じてから、晴太郎はこっそり喜助に笑い掛け、蓮の後を追った。

通された庭に張り出した縁側に、年老いた女がちょこんと座っていた。としだろう。

眼を閉じて、ぴくりとも動かない。

眠っているのだろうか。

ふ、ととしが、晴太郎達の方へ、顔を巡らせた。顔はこちらへ向いているはずなのに、目が合わない。

つきりと、胸が小さく痛んだ。

「お蓮、お客さんかい」

蓮が声を掛ける前に、としが訊ねた。

「ええ。神田の菓子屋さんですって」

としが、首を傾げた。蓮は少し言い淀んでから、告げた。

「喜助が、婆様にって注文したそうよ」

「神田相生町の『藍千堂』と申します」

「まあまあ、ご丁寧に」

蓮がとしに、そろりと確かめた。

「食べられそう」

丁度八つ刻、小腹がすく頃だが、としは困った様に笑った。

「動かなくなってから、腹が減らなくなってしまいましてねぇ。でも、折角喜助が手配りしてくれた菓子なら、頂きましょうか」

晴太郎は、喜助に持って貰っていた風呂敷包みを手に、縁側の隅を借りた。

風呂敷の結び目を解くと、梅の薯蕷饅頭を入れた杉の箱が二つ。その上に、竹の皮の包みがひとつ。晴太郎は、竹の皮の包みを開いた。横に三つ、梅の花を象《かたど》る前の「梅の薯蕷饅頭」を並べてある。見た目は丸く白い、薯蕷饅頭だ。

蓮が、目を瞠《みは》った。

「綺麗な白。随分小さいんですね」

「はい。酒を呑んだ後、腹は膨れているけれど少しだけ甘いものが食べたくなるそうで、ひと口、二口で食べられる大きさにいたしました」

梅見を引き合いに出すわけにもいかず、薯蕷饅頭を「ちいさ菓子」として扱うことは幸次郎に止められた。畢竟《ひっきょう》、この話をするしかなかったのだが、としが笑い、つられるように蓮も笑った。

「爺様《じじさま》を想い出すわね」

蓮の呟きに、としも「『酒の後は羊羹だあ』って、楽しそうに叫んでたっけねぇ」と、応じた。

どうぞ、と晴太郎が竹の皮ごと、としの手元に差し出す。

「私が」

蓮が、薯蕷饅頭をひとつ手に取り、としの手に渡した。

としが、皺が刻まれた両手で、そっと小さな薯蕷饅頭を包む。

手で、見ているのだなと、晴太郎は察した。

ふんわりとした皮の柔らかさに、としは何を思い浮かべているのだろうか。

もしや、梅を模したことを早々に気づかれ、食べて貰えないのではないだろうか。

固唾を飲んで見守る。

としが、ゆっくり、薯蕷饅頭を抓んで、口へ運んだ。

齧らずに、そのままひと口。

驚いたように、目を瞠り、それから確かめるように、楽しむように、嚙み締める。

幸せそうな吐息が、としの唇から漏れた。

「ああ、梅の花だ」

蓮が、驚いた顔で晴太郎を、続いて喜助を見た。

目元を厳しくして、何か言いかけ、黙る。今まで、寂し気に微笑んでいたとしが、晴れやかに笑っている。

「白餡に混ぜてあるのは、梅酒の梅かしらねぇ」

「よく、お分かりで」

ほほ、ととしが笑う。

「悪くなった目を、耳や鼻、舌が補ってくれるようになりましてね。同じ梅だと思うと、実と花が頭の中で繋がるんですかしらねぇ、梅の花なぞ食べたことがないのに、梅の花の味だと、すんなり思ってしまう。鼻に抜ける香りが消えて行くのが、名残惜しいねぇ」

それから、としは喜助のいる方へ顔を巡らせ、呼び掛けた。

「喜助、いるんだろう」

呼ばれた喜助が、身体を強張《こわば》らせる。

としは、喜助の返事を待っている。晴太郎は、頷きかけることで喜助を促した。

「ばあちゃん」

喜助の掠れた硬い声に、としは笑みを深くした。

空の方を見上げ、誰にともなく語る。

「懐かしいねぇ。初めて食べた味なのに、懐かしい味がするよ。小さな孫達がいて、爺《じい》様《さま》がいて、嫁に行った娘達もいて。お蓮は、梅のいい香りが美味しそうだって言ったっけ。達者に鶯の鳴き真似をしたのは、一番上の藤吉だったたね。喜助は、いっつもこの婆や爺様を気遣ってくれた。足許に気を付けろ、あっちの方が沢山咲いている、こっちの方が香りがいい、ってねぇ」

としの、おっとりと伸びる言葉尻が、優しい。

としの、穏やかな笑顔が、優しい。

「諦めてた梅見が、こんな風に出来るなんてねぇ。お蓮が誘ってくれたから、香りだけでも楽しもうかとは、幾度か思ったんだよ。でも、せっかく梅見に連れてって貰っても、この目が見えないんじゃあ、かえってお蓮や喜助は悲しむだろう。お前達二人は、子供のころから、取り分け心が優しかったから」

蓮が、掠れた声で訊き返した。

「婆様、私と喜助の為に、梅見を諦めたの」

としは、穏やかに微笑むばかりだ。

喜助が、茫然と訊ねる。

「ばあちゃん、おいらに腹を立ててたんじゃ――」

ほほ、ととしが声を上げて笑った。

「何をお言いだい。あたしが可愛い孫達に腹を立てることなんて、ある訳ないだろう」

喜助より先に蓮が、としの膝にしがみついて泣き出した。

「ごめんね、婆様。ごめんね」

「何を詫びることがあるんだい。お蓮は、ずっと側にいて面倒を見てくれてるのに」

喜助も、幼子のように大粒の涙を零し、としに詫びる。

「お蓮も喜助も。可笑《おか》しな子達だねぇ」

左の手で、蓮の肩を宥めるように叩き、右手を喜助の方へ伸ばした。指先が、喜助を求めてさ迷う。喜助は駆けて行って、としの手を取った。

「二人とも、ありがとね」

としに藍千堂さん、と呼ばれ、晴太郎は「はい」と返事をした。

「お前さんにも、礼を言います。大層おいしい菓子を、ありがとうね」

晴太郎は、明るく応じた。

「御用命頂けましたら、いつでもお届けに上がります」

「それは、有難いねぇ。その前に、もうひとつ頂きたいのだけれど、まだ残っているかい」

喜助が、ぐし、と洟を啜って、晴太郎が縁側に置いた木箱を取って、としの膝に載せた。

「何だい、これは。おや、杉の木のいい匂いがするね」

喜助が、そっと箱の蓋をとる。

「これが、梅の菓子の出来上がりなんだ。触ってみて」

「どれ、どれ。おや、これは、梅の花の形になっているんだねぇ。まあまあ、花の芯もちゃんと、違うものでできてるんだねぇ。せっかくだから、皆で頂こうかね。『藍千堂』さんもいかがです。『梅見』は大勢の方が賑やかで楽しいからねぇ」

次の日、喜助が『藍千堂』に「梅見の対」を買いに来た。

としが、違う菓子も食べたいと言ったので、評判の「ちいさ菓子」を持って梅見に行くことになったのだという。

晴れやかな笑顔の喜助を送り出し、晴太郎と幸次郎、茂市は笑い合った。

「ようございました」とは、茂市。

幸次郎は、

「苦労した甲斐が、ありましたね」

としみじみ言った。

晴太郎は、そうだ、と手を打った。

「梅の薯蕷饅頭の名、『梅重《うめがさ》ね』はどうだろう」

来年の梅も、再来年の梅も、『藍千堂』の薯蕷饅頭で楽しんで貰いたい。想い出を、重ねるように。

喜助や蓮だけでなく、としの孫達が入れ替わり『藍千堂』へやって来ては菓子を買って坂下町のとしの家に集まり、季節折々の菓子で「節句」や「花見」を愉しみ、としを囲んで大層賑やかにしていると晴太郎が知るのは、もう少し先の話である。

二話

秘めたる恋の「かすていら」

梅が散り、桜のつぼみが膨らみ始めた。

『藍千堂《あいせんどう》』でも、桜の菓子「百代桜《ももよざくら》」の支度を始める頃だ。

この店を始めてから、色々な菓子をつくった。名物も出来た。

それでも、「百代桜」は格別だ。

晴太郎《はるたろう》の手にたった一冊残った父の菓子帳。父の覚書のような菓子帳に載っていた桜の菓子を元に、晴太郎と茂市《もいち》がつくり上げた。

名も、父の菓子帳からそのままもらった。

白餡《しろあん》に、梅干しの紫蘇《しそ》、桜の葉の塩漬けを閉じ込めた琥珀《こはく》を混ぜ、薄く焼いた小麦粉の皮で包み、桜の花びらの形に抜いた紅色の羊羹《ようかん》を添える。

ひと口食べれば、餡の中を流れるように走る赤紫色が眼を楽しませ、唐《から》もの三盆白《さんぼんじろ》のすっきりした甘さの中に覗く紫蘇の酸味と桜の葉の塩味、琥珀の歯ざわりが、舌と歯を楽しませる。

「百代桜」をつくるのは、晴太郎も茂市も、嬉しい。父と一緒に菓子をつくっているような心地になるのだ。

『藍千堂』の季節の菓子の中でも、取り分け人気なので、幸次郎《こうじろう》は大変そうだけれど。

紫蘇は、いつものように『伊勢屋《いせや》』から分けて貰って――自分達で梅干を漬けてはみたけれど、なかなかあの鮮やかな赤紫と、丁度いい塩梅《あんばい》の酸味が出ないのだ――、桜の葉の塩漬けは、前の年に仕込んである。

案外大変なのが、紅色の羊羹だ。細かいし、桜の咲き具合が進むほどに、羊羹の花びらの数も増やすことにしているので、後になればなる程、手間がかかる。

そんなことを考えていると、店の外が騒がしい。

梅の頃、双子が掏摸《すり》を捕まえた騒動を思い出し、今度は何だろうと、ちょっとうんざりして、茂市と顔を見合わせた。

「ごめんくださいやし」

よく通る、深い響きの声が、ざわめきを押し退けるようにして訪《おとな》いを告げる。

息ひとつ分遅れて、女子《おなご》の浮かれた悲鳴が聞こえてきた。

やっぱり、『藍千堂《うち》』か。

溜息と共に、愚痴が零《こぼ》れた。

「こういう時に限って、幸次郎がいないのは、どうしてだろうね」

幸次郎は、「百代桜」を一足早く味わってもらおうと、旗本の松沢《まつざわ》家へ届けに行っているところだ。

「あっしが見て参りやす」

言った茂市を、晴太郎は止めた。

「ああ、いいよ。茂市《もい》っつあんは、羊羹を頼む」

今茂市がつくっているのは、「茂市の煉《ねり》羊羹」なのだ。茂市が目を離してはいけない。

袖を止めていたたすきを解き、店先へ向かう。

店の三和土《たたき》には、目の覚めるような色男が立っていた。

歳の頃は、二十歳になるかならぬか。留紺《とまりこん》の小袖に銀鼠《ぎんねず》と朱の帯、少し長めの羽織は、小袖と同じ留紺の地に紅鼠《べにねず》色のざっくりした格子模様、ところどころ、枡の中に格子と揃いの紅鼠色で八重桜が入れられている。

切れ長で形のいい眼、品よく通った鼻筋、薄いが赤みの強い唇。右の眼のすぐ下、横に並んだ小さな二つの黒子《ほくろ》が、何とも艶《つや》っぽい。

往来には、こちらを遠巻きにして様子を窺っている女子が、七、八人ほど。どの女子も、そわそわと落ち着かない。通りかかった商人が、「何事だろう」という視線を、『藍千堂』へ向けながら過ぎて行った。

晴太郎は、目の前の客が誰なのか思い当たり、溜息を呑み込んだ。慌てて、商い向けの笑みを取り繕う。

晴太郎は、菓子しか頭にないと周りに思われているが、当世流行り物はひと通り確かめておくことにしている。新しい菓子づくりの切っ掛けになるからだ。

——やっぱり、菓子しか頭にないじゃないか。

前にこの話をした時、伊勢屋総左衛門《そうざえもん》に、冷たく断じられたことは、もう忘れた。

中村座の役者、岩崎八重丞《いわさきやえのじょう》。

近頃、女子達の間でうなぎ上りの人気らしい。

「いらっしゃいまし」

目を細め、口の端を軽く上げた笑みに、つい見惚れる。

「済まないね、店先を騒がせちまって」

芝居で鍛えただろう、曇りのない声は、静かな詫びでも変わらない。

済まないと言いながら、まったく悪びれる様子がないのは、騒がれることに慣れた役者ならではか。

そんなことを考えながら、「滅相もない」と応じたところへ、幸次郎が帰ってきた。

落ち着き払った笑みで、八重丞へ頭を下げる。

「おいでなさいまし、扇屋《せんや》さん」

「扇屋」は、八重丞の屋号だろう。

八重丞が笑みを深くして、幸次郎に応じた。

「八重丞でいいよ。屋号は芝居と関わりのないお人には、面倒だろう」

「承知いたしました」

それから幸次郎が、晴太郎に向かった。

「ここでは落ち着かないでしょうから、二階へお通ししてはいかがでしょう」

晴太郎は、ようやく我に返った。

弟のいい笑顔は、「呆《ほう》けていないで、さっさと案内を」という合図だ。

「これは、気が付きませんで。狭くて申し訳ありませんが、どうぞおあがりください」

晴太郎は、どぎまぎと八重丞を促した。


晴太郎と幸次郎が、それぞれ名乗ると、八重丞も改めて「岩崎八重丞です」と、丁寧に応じた。

茂市が出してくれた茶と金鍔《きんつば》を、大層美味そうに平らげてくれた様子に、晴太郎は頬を緩めた。

ふう、と満足げに溜息を吐いてから、八重丞が言った。

「よく、二人ともあたしのことがお分かりだったね。とりわけ主《あるじ》の方は、菓子と関わりのないことはからっきしだ、と聞いていたけれど」

晴太郎の、その妙な評判を一体どこから。

どうして、晴太郎が八重丞に気づいたと、分かったのだろう。気の利いたあしらいひとつできずに、呆けていた筈《はず》なのに。

どちらを訊ねたらいいものか。

迷っていると、八重丞が息だけで笑い、告げた。

「晴太郎さんは、『どうして岩崎八重丞が、うちの店に』ってぇ顔をしてたからね」

晴太郎は、慌てて詫びた。

「こ、これは、不躾《ぶしつけ》なことを致しました。お許しください」

「何、慣れてるから気にしてないよ」

ひらひらと、掌《てのひら》を翻《ひるがえ》してから幸次郎へ視線を向ける。

「あたしの屋号まで知っていた幸次郎さんは、芝居好きかい。あたしはまだまだ駆け出しのひよっこだ。芝居小屋に通ったり、芝居町に関わるお人くらいしか、知っちゃあいないだろうに」

「『藍千堂』の御贔屓《ごひいき》さんには、芝居がお好きな方もおいでですので」

「ふぅん、なるほどね。それで、どこまで承知だい。構わないから言って御覧《ごらん》」

迷うような短い間をおいてから、幸次郎が静かに口を開いた。

曰く。

岩崎八重丞は、若衆や荒事《あらごと》から、姫君、町娘まで達者にこなす幅の広い役者で、名家の生まれではないものの、このさきいずれかの名題役者の養子になって、しかるべき名跡《みょうせき》を継ぐのではないかと、噂されている。

芝居好きの間では、今は容姿ばかりが目立っているが、男になれば艶やか、女を演じれば清らか、先が楽しみだと専《もっぱ》らの噂だ。

ふ、と八重丞が笑った。

今まで、ひたすら涼し気で艶やかだった佇まいに、微かな昏《くら》さが交じる。

「綺麗にいいとこ取りをしてくれたってぇことは、むしろ芳しくない噂も承知だね」

八重丞は、謳うように続けた。

「八重丞は、我儘《わがまま》で奔放なこと甚だしい。駆け出しのくせに役者紋の羽織で往来を行き、贔屓の女客につれなく当たる。女遊びは派手、楽屋でも勝手気ままで、お抱えの髪結いまで作る始末」

晴太郎は、首を傾げた。

「そんな風には、見えませんが」

「兄さん」

「でもね、幸次郎。八重丞さんは、芝居に疎《うと》い私達を気遣って話して下すってるし、金鍔だって、旨そうに召し上がったじゃあないか」

八重丞が、呆気にとられた顔をし、次いで、ぷう、と噴き出した。

目尻に涙が滲《にじ》むほど笑ってから、晴太郎を窘《たしな》める。

「ありがたい言い様だけどね、『甘いもん好きに悪い人はいない』ってぇ考えは、改めたがいい。色々、危ういよ」

さすがにそうは思ってないけれど、金鍔をひと口食べた刹那の「いい顔」、丁寧に味わう様子から、菓子屋《こちら》の苦労や拘《こだわ》りを承知して、重んじてくれているのが分かった。

「我儘で奔放」とは、かけ離れているようにしか思えない。だが、折角心配して貰ったのだから、と生真面目な顔で応じた。

「気を付けます」

八重丞が、呆れたように息を吐いた。幸次郎は飛び切り苦い顔だ。

「取り合って貰えなかったみたいだねぇ」

「申し訳ございません」

「幸次郎さんの苦労が、偲《しの》ばれるよ」

弟が、「分かって頂けましたか」という顔をしている。会ったばかりの二人が、妙に気が合っている風なのは、何故だろう。

幸次郎が面《おもて》を改め、八重丞に訊いた。

「八重丞さんのご用向きを伺っても」

ああ、と八重丞が明るい声を上げた。それが妙に芝居がかっている気がして、晴太郎は八重丞の顔を見返した。

「ちょいと、菓子を頼みたい」

幸次郎に視線を向けられたので、晴太郎が問う。

「どのような菓子でございましょう」

八重丞は、うん、と明るく応じたものの、なんとなし歯切れが悪い。

「その、こちらさんは、無茶な注文も受けてくれると聞いたものでね。思い切って訪ねてみたという訳さ」

晴太郎と幸次郎は、顔を見合わせた。

先だっての「変わり菓子」といい、『藍千堂』は市中でどんな菓子司だと言われているのだろう。

幸次郎が、厳しい面で確かめる。

「それは、どちらで耳にされたか聞かせて頂いても」

「幸次郎」

晴太郎は、幸次郎を止めた。

確かに妙な評判の出どころは知りたいが、今は八重丞の注文だ。何か込み入った経緯《いきさつ》があるようで、気になる。

やれやれ、また「菓子莫迦《ばか》のお人よし」が始まった。

そんな風に幸次郎は、晴太郎にだけ分かるように微かに笑み、口を噤《つぐ》んだ。

改めて、晴太郎が訊く。

「無茶が利くかどうかは、分かりませんが、誂《あつら》え菓子はお受けできます。どのような菓子をお望みなのでしょう」

「かすていら」

ぽつりと呟いた八重丞は、先刻までの余裕《ゆとり》に溢れた様子から一変、なんだか物慣れない、ありふれた若者のように見えた。

それにしても、「かすていら」とは。

晴太郎は、戸惑いつつ確かめた。

「南蛮菓子の『かすていら』で、ございますか」

「ああ。世話になった人が江戸を離れることになってね。前にたった一度、故郷の味が恋しいと言ったのを思い出したんだよ。それで餞《はなむけ》になれば、と」

晴太郎は、言葉を選びながら切り出した。

「申し訳ないのですが、私共では、かすていらを扱っておりません。私も、もうひとりいる職人も、手掛けたことのない菓子です。うちよりは、常々かすていらを扱っている店に頼まれた方が、良いものが手に入ると思いますが」

かすていらと言えば、まず浮かぶのは長崎だが、江戸にも伝わっている。珍しもの好き、南蛮好きに人気があるらしく、扱っている菓子屋を、晴太郎も幸次郎も何軒か知っている。幾度か食べたこともあるし、つくり方を記した書も手に入れてあるが、慣れている職人がつくった方が、間違いがない。

「よろしければ、つくっている店をご案内しましょう」

八重丞が、弱々しく首を横へ振った。

「最初《はじめ》に、『かすていら』ならここ、という店に頼みに行ったよ。試しに食べてみたけれど、その人の言う味とは、どうにも違う気がしてね。あたしの言う味でつくって貰えないか訊いたら、けんもほろろに断られた。他の店も同じだよ」

幸次郎が、小さく頷く。

「確かに、元々かすていらを扱っている店にしてみれば、自分達の味を貶《けな》されたような気になるのかもしれません。職人は頑固者が多うございますから、得心してつくっている味を変えることを、良しとしないでしょうし」

ほろ苦い笑みで、八重丞が言った。

「ああ、似たようなことを言われた」

それで、無茶が利く『藍千堂』に、という訳か。

「八重丞さんが世話になったというお人のお郷《くに》は、どちらですか」

訊ねた晴太郎を、幸次郎が眼で止める。

厄介な注文を気軽に受けるな、ということだろう。

話を聞くだけだよ、聞くだけ。

眼で弟を宥《なだ》め、改めて八重丞に向き直る。

「土佐だそうだ。よんどころない経緯《いきさつ》で、郷を捨てるようにして江戸へ出てきたって、聞いてる」

なるほど、と晴太郎は心中で呟いた。

江戸の店は恐らく長崎の「かすていら」を手本にしているだろう。元は同じでも、土佐には土佐の味がありそうだ。

八重丞が訴える。

「辛いことがあったのか、あの人の口から郷の話を聞いたことはなかったんだけれど、その時だけは、酷《ひど》く懐かしそうに、かすていらの味を、語ってくれたよ」

「どんな味なのか、伺っても」

八重丞が、目を輝かせた。

「つくって、貰えるのかい」

晴太郎が答えるより先に、今度ははっきりと幸次郎に止められた。

「兄さん」

「もう少し、話を聞かせて貰おう」

「話を伺うだけですか」

うん、と言いかけて止めた。

短く苦い溜息が、幸次郎から零れた。

仕方ありませんね。

そんな諦めの言葉が、聞こえてきそうだ。

そろりと、確かめてみる。

「いいのかい」

「兄さんを止められないのは、分かっていました」

「え、どうして」

「『かすていら』と伺った時から、顔に『つくってみたい』と、書いてありましたから」

ぷ、と、八重丞が噴き出した。

お客さんの前でする遣り取りではなかった。

幸次郎が、頭を下げる。

「御見苦しいところを、お見せしました」

「なんの、なんの」

そう応じながら、楽し気に笑っていた八重丞の整った顔が、ふいにくしゃりと歪んだ。その顔を隠すように俯《うつむ》き、深く通る声の役者は、掠れた言葉を絞り出した。

「恩に着る」


八重丞が知己から聞いた、土佐で口にしていた「かすていら」は、こんな風だ。

長四角の焼き菓子で、天と底はこんがりとした茶色、切り口は山吹色。

しっとりしていて、ふんわりと柔らか。甘みはこってりと濃い味。

底の焦げたところは湿り気も甘みも凝《こご》った様に濃く、子供同士で取り合いになった。

店を閉めた後の作業場で、晴太郎は呟いた。

「たしかに、俺が食べたかすていらは、歯ざわりがさっくり軽くて、味もさっぱりしてた。江戸の人達好みだね。八重丞さんの言うかすていらとは、違いそうだ。こってりとした甘みなら、黒砂糖だろうか」

茂市が頷く。

「黒砂糖って言やあ、薩摩でごぜぇやすね」

幸次郎が唸った。

「御当人にどんな味か、伺えればいいんですが」

三人の眉間に、皺が寄った。

八重丞に、その人とそれとなく話をさせてもらえないかと頼んでみたところ、いい返事は貰えなかった。

もし、八重丞が餞に考えていると知られたら、その場で断られる。なるべく知られたくない、と。

幸次郎が、溜息交じりで言った。

「土佐のかすていらのことを詳しく知らないか、御贔屓くださっているお客さんや久利《くり》庵《あん》先生、甘いもの好きの方々に当たってみます。今日は、これで切り上げましょう。そろそろ西の家へ戻らないと、お佐菜《さな》さんとおさちが心配しますから」

茂市が「それは大変」と、慌てて立ち上がったのが、可笑《おか》しかった。


幸次郎が「土佐のかすていら」に当たってくれている間、晴太郎と茂市は、手持ちの書で、つくり方を確かめていた。

まずは、「かすていら鍋」というものが、入用になる。銅でつくった蓋付きの四角い鍋で、これは、古なじみの金物職人があっという間に作ってくれた。

父の注文も受けていただけあって、晴太郎の無茶や変わった頼みにも、涼しい顔で応じてくれる、頼もしい職人だ。

かすていらのつくり方は、卵と小麦粉が同じ量、白砂糖が小麦粉の一割五分増し。割った卵に小麦粉を加え、擂鉢《すりばち》で擂《す》る。そこへ竹篩《たけふるい》を使って砂糖を加え、更に擂り混ぜる。「かすていら鍋」に厚紙を敷き、出来上がった種を流し入れる。「かすていら鍋」の下、脇のぐるり、蓋にも炭を置き、弱い火でじっくり焼く。細い竹串を刺して、粘りがつかなければ焼き上がり。火から降ろして冷ます。

書に載っているつくり方は、ざっとこんな風だが、やはりこのつくり方では、江戸で売っているさっくりとした歯触りで、さっぱりしたものしか出来ないだろう。

実際、茂市と試しにつくってみたが、案の定江戸のかすていらと似たようなものが出来上がった。

さて、これをしっとり、かつ、ふんわりさせるには、どうしたものか。

そう考えていた時に、出来た弟のお蔭で、中本《なかもと》という江戸詰めの土佐国家臣から話を聞けることになった。八重丞が訪ねてきた二日の後のことだ。

中本も故郷の味を懐かしく思っていたそうで、かすていらが出来上がったら少し分けて欲しいと頼まれた。

勿論、一も二もなく応じた。

中本の話では、菓子屋で買うことも、それぞれの家でつくることもあるのだという。中本が好んで食べていたかすていらは、江戸のものよりはしっとりとして甘みも濃かったが、歯触りは、江戸のものと似ていて、さっくり。色は、淡い黄。底の焦げたところの甘みが濃い、ということも、なかったとか。

江戸で、限られた扶持《ふち》の中からたまの贅沢に故郷の味をと、かすていらを買い求めたが、どこか違う味で、気落ちしたのだそうだ。

何が違ったのか訊ねたところ、「甘みだ」と、すぐに答えが返ってきた。

甘さが多い、足りないのではなく、懐かしい「甘み」と味そのものが違うのだ、と。

中本に、どの店のかすていらを食べたのか聞いたところ、晴太郎も食べたことのあるものだった。あの店は、黒砂糖を使っていた。

どうやら、中本の言う懐かしい「甘み」は、黒砂糖ではないようだ。

礼の羊羹を渡し、中本を見送って戻って来た幸次郎が、苦い溜息を吐いた。

「さて、困りましたね」

うん、と晴太郎も応じる。

八重丞が言うかすていらは、しっとりとして、ふんわり柔らか。

中本のかすていらは江戸のものよりしっとりはしているが、歯触りがさっくりと軽い。

甘みが濃くこってりしているのはどちらも同じで、中本の言う甘みは黒砂糖ではない。

色も違う。八重丞は山吹色、中本は淡い黄と言った。

底の焦げたところも、異なっている。八重丞の方は、水気も甘みも凝ったように濃いのだという。

「味を少し違えて、別のかすていらをつくらなきゃいけないね」

「兄さん」

「晴坊ちゃま」

晴太郎を呼んだ幸次郎と茂市の言葉尻が、同じように上がった。

「だって、そうだろう。八重丞さんと中本様のかすていらは、どうやら味が違うんだから」

幸次郎が、眉間の皺を深くしながら確かめる。

「つまり、違う味で二度つくる、ということですか」

「中本様だって、故郷の味を楽しみにしておいでなんだ、なるべく似た味にしたいじゃあないか」

「兄さんが困ったのは、そこですか」

茂市が、苦笑いでぼそりと続く。

「そこはさすがに、大体の甘い味が合ってりゃあ、いいような気もしやすが」

兄さん、と再び呼んだ弟の声が、かなり冷たい。

「まずは、八重丞さんのご注文をどうにかしましょう。中本様には、八重丞さんのかすていらを召し上がって頂いた上で、改めて別にご注文頂くか、八重丞さんと同じものをお買い上げいただくか、伺ってみましょうか」

つまり、商い――かすていらだけにかまけている暇があるかどうか、『藍千堂』持ち出しで、中本の想い出の味をつくり上げる金子《きんす》がどれほどになるか――もきちんと考えて動け、という話らしい。

がみがみと叱られるより、恐ろしいな。

晴太郎は、どぎまぎと弟に応じた。

「う、うん。そうだね、そうしよう」

ここで幸次郎の困りごとは何なのか訊ねると、「主のくせに分からないのか」と、更に叱られそうだが、訊かない訳にも行かない。

晴太郎は、恐る恐る訊ねた。

「それじゃあ、幸次郎は何を困ってるんだい」

ちらりと、幸次郎が晴太郎を見た。

「そんな情けない顔をしなくても、もう怒りませんよ」

久しぶりに、どちらが兄なのか分からなくなった気がする。怒らないと言われ、ほっとした自分が、ちょっと情けなかった。

　幸次郎は、晴太郎に答えた。

「私が困った、と言ったのは、中本様のお話が、八重丞さんのかすていらをつくる足しには、大してならないだろうということです。お二人とも、土佐ならではの味というよりは、それぞれの家、贔屓の店の味に懐かしさを感じておいでなのでしょう」

「ああ、そうだね」

　確かに、幸次郎の言う通りだ。まず、「そこ」を困らなければいけなかった。

二つの「かすていら」がよく似ていたなら、それはきっと「土佐のかすていら」だ。だとしたら、土佐の名物や料理から、「懐かしい味」の正体を探せるかもしれない。まず中本に味見をしてもらい、「土佐のかすていら」に近づけることも出来たろう。けれど二つの「かすていら」が違っているのなら、それは「家の味」「贔屓の店の味」ということになる。土佐の味も、中本の舌も、当てに出来なくなってしまう。

「それでも、『土佐の味』が芯になっているような気はするんだ。芯の正体が当たれば、後は八重丞さんから聞いた話に、寄せていけばいい」

　晴太郎は、腕を組み、軽く唸った。

「しっとりと、ふんわりには、いくつか心当たりがあるんだよ。ねぇ、茂市っつあん」

「へえ」と茂市も応じた。

「伺っても」

　訊ねた幸次郎に、答える。

「試しにつくったかすていらが、あっただろう。一晩置いたら、少ししっとりしてね。出来上がってから暫《しばら》く寝かせればいいんじゃないかな。それから、手っ取り早いのは、水気を多くする。卵を増やせばいけそうだ。それから、ふんわりだ。この手の菓子は初めてだから、やってみなきゃ分からないけれど、ふんわりってことは、細かな空気《き》を種が含んでるってことだろう。だったら、擂り混ぜるんじゃなく、空気を含ませるようにかき混ぜたら、いいんじゃないかな」

　茂市が、言い添えた。

「色の濃さの違いは、卵の量でも黄身の色でも、変わってまいりやすから」

「ああ、そうだね。底に凝った甘さと湿り気って奴も、考えるより、つくりながら色々工夫した方が早そうだね」

　ふむ、と幸次郎が頷いた。

「そうなりますと、残ったのは『甘み』ですか」

　晴太郎は、力なく笑った。

「二人の話が、折角似てるのにね。黒砂糖が違うとなると、ちょっと思いつかない」

　幸次郎が、きりりと頼もしい顔で頷いた。

「やはり、八重丞さんに、江戸を離れるというお人からお話を伺えないか、もう一度お願いしてみましょう」


次の日、早速八重丞を訊ねた幸次郎は、こそばゆいような、戸惑ったような、込み入った顔をして戻って来た。

「八重丞さんが、かすていらを差し上げたいお人は、髪結いのお美智《みち》さんと仰る方でした」

「髪結いって、八重丞さんが言ってた、『お抱えの髪結い』かい」

「そうなんです」と言った幸次郎の口の端が、小さく震えている。

笑いを堪えているらしい。

「何か、あったのかい」

「何でもありません。いえ、そうですね。かすていらづくりの足しになるでしょうから、やっぱり野暮を承知で、お知らせします」

八重丞は女髪結いに惚れているらしい。

晴太郎でも見惚れるような色男の、なんとも物慣れない片恋をしている様が微笑ましいのだと、幸次郎は言った。

晴太郎は、笑みを抑え切れていない弟を、やんわり窘めた。

「でもね、幸次郎。お美智さんは、近々江戸を離れてしまうのだろう。気の毒だよ」

「分かっています。八重丞さんは片恋のまま終わらせるつもりのようですし、お美智さんも込み入った身の上かと。ですが、あの様子は」

幸次郎が言葉を切り、喉を鳴らして低く笑う。

これまでの経緯を話し、やはり当人に詳しい話を聞かなければ、想い出の味には寄せられない。せめて、人となりだけでも教えては貰えないか。

頼んだ途端、かっと頰と耳朶《みみたぶ》が赤くなり、視線をさ迷わせる。随分迷った挙句、ようやく口にしたのが、美智の名だった。

それから、楽しげに美智のことをあれこれ話したと思えば、ふいに照れたように口ごもり、自分が美智を気に掛ける言い訳をまくし立て、気づけば再び、楽しそうに美智の自慢に戻る。

あの色男がやっていると思うと、確かに笑いが込み上げてくる。茂市も遠慮はしているが、目が笑っている。

ぼんやりとした笑いに包まれながら、晴太郎は幸次郎から話を聞いた。

*

美智は、歳は二十二、独り身の廻り髪結いで、主な客は武家の女だ。八重丞との出逢いは三年前。挨拶に行った贔屓客の大層美しい髪の鬢のつくり方に一目惚れし、美智を探し出して、自分の髪も結ってくれないかと、頼み込んだ。

最初《はじめ》、美智は八重丞の頼みを断ったのだと言う。

女子の髪しか結えないから、と。

それでも、八重丞は諦めなかった。

自分は女形でもある。頼む髪は男髷だけれど、女だと思ってくれ。

妙な言い分に、美智が折れた。

以来、舞台が終わった八重丞の髪を、美智が必ず整えているのだという。

芝居小屋は、男ばかりだ。当たり前の様に、美智は邪険にされた。座付きの髪結いに酷い嫌がらせを受けてからは、小屋の外、小さな芝居茶屋の一室で髪を結ってもらうようにした。

すると今度は、八重丞贔屓の女達からやっかみを受けるようになった。

さすがに八重丞は、美智の髪結いを諦めようとした。

だが美智は、きりりと胸を張って「続けさせてくれ」と言った。

――一度受けた仕事は、お客さんに嫌われない限り、続けます。八重丞さんは、私の髷を嫌いになりましたか。

とくん、と八重丞の心の臓が、弾んだ音を立てた。

ああ、と言えば、美智は八重丞から離れる。女達からのやっかみもなくなるだろう。

けれど、八重丞はどうしても言えなかった。

美智と離れたくなかった。

その代わり、八重丞はさりげなく美智を庇《かば》った。美智に悪意を持たない女達には景気よく愛想を振りまき、「悋気《りんき》の強い女子は苦手だ」とさりげなく噂を広めた。

見知った辰巳《たつみ》芸者に頼んで、「理無《わりな》い仲」の振りもしてもらった。吉原にも出入りした――大門《おおもん》から入ってのんびり歩き回り、そのままどこの見世にもよらず出てくるだけだけれど。

いつの間にか、美智の結う髪よりも、美智自身に会うことが楽しみになっていた。

目の前を過《よぎ》る、美智の白く細い指。滑らかな動き。

柔らかな声、他愛のない世間話。芝居には詳しくないと言いながら、美智は役者の苦労も、芝居の見どころも、よく分かっていた。

美智と交わす、何の遠慮も気遣いも要らない芝居談義、役者談義は、大層心が弾んだ。

何もかもが、愛おしかった。

その美智が、江戸を去るという。

故郷には戻れないと、聞いているが、どこへ行くのか。

行った先に当てはあるのか。

もしや、どこかへ嫁ぐのか。

江戸を去るなんて言わず、ずっと自分の側《そば》に、居てはくれないか——。

どの言葉も、八重丞は口に出来なかった。

地に足の付いた暮らしをしている美智が、あちこちで浮名を流している歳下の役者なぞ、男として相手にしてくれるはずがない。

贔屓の女達も、八重丞には付いて回る。そんな男には、煩わしさしかないだろう。

自分は、笑って美智を送り出すことしかできないのだ。

だからせめて、美智が喜ぶ餞を。

＊

「なんだか、健気《けなげ》だなあ」

晴太郎は、しみじみ呟いた。

役者紋の羽織は、顔と名を売る為だろうが、贔屓の女客につれなく当たることも、女遊びが派手だという評判も、美智を贔屓客のやっかみから守るための方策だ。お抱えの髪結いに至っては、美智自身。金太郎飴ではないが、どこを切っても「美智」だ。

ぶふ、と茂市が堪《こら》え損ねた笑いを、妙な音で吐き出した。

「兄さん、さすがに『健気』は、どうかと」

「でも、そう思わないかい」

茂市と幸次郎が、そっと晴太郎から視線を逸らす。

つまり、晴太郎と同じことを考えていた、という訳だ。

晴太郎は続けた。

「何とか、ならないもんかな」

幸次郎が、静かに晴太郎を窘めた。

「他人様《ひとさま》の色恋に口を出すのは、野暮というものです」

「分かってるけど、話を聞いただけで、物慣れない様子にはらはらするんだよ」

にっこりと、幸次郎が笑った。これは、よくない笑いだ。

「おや、菓子しか頭になかった兄さんも、言うようになりましたね。さすが、三国一の嫁を貰ったお人は、違う」

晴太郎は、ぐ、と言葉に詰まった。

「どうせ、『恋の駆け引き』のひとつもせず、頼み込んで嫁に来てもらった癖に、とでも思ってるんだろう」

「おや、そうなんですか」

惚《とぼ》けた幸次郎が、恨めしい。

晴太郎は、むっつりと言い返した。

「駆け引きはしなかったけど、頼み込んだ訳じゃない。幸次郎だって、あの場にいたじゃないか」

晴太郎と佐菜に、仲人はいない。さちの桃の節句を『藍千堂』で祝った時、居合わせた皆に背中を押され、佐菜に嫁に来て欲しいと頼んだ。

勿論、晴太郎は心底佐菜に惚れていたし、さちも愛しいと思っていた。

とっくに、自分の女房は佐菜しかいないと思い定めていた。

仕上げの一言を、その場の勢いに任せてしまっただけだ。

ぽろぽろと、大粒の涙を零した佐菜には仰天したけれど、すぐに返事を貰えた。

だから、頼み込んだ訳ではないのだ。

返事を貰えなかったら、頼み込んでいたとは思うが。

「考えが顔に出過ぎです、兄さん」

むう、と晴太郎は口を尖らせた。幸次郎が追い打ちを掛ける。

「それで、隠したつもりですか」

ひたすら静かな茂市は、さっきから顔を伏せ背中を丸め、肩を震わせ続けている。いっそ、遠慮なく笑ってくれた方が気が楽だ。

幸次郎が溜息をひとつ挟み、話を戻した。

「とにかく、お美智さんの心裡《こころうち》も分からないんですから。余計なことはしない方がいい。かすていらに専念してください」

なるほど。

晴太郎は、掌を拳でぽん、と打った。

「うん、幸次郎の言う通りだ。お美智さんの心が分からなければ、どうにもならない。だから、訊いてみよう。かすていらのこともさりげなく聞き出せたら、一石二鳥じゃないか」

弟が、しまった、という顔をした。

八重丞からは、美智から直《じか》に話を聞く許しを、一応は貰えたそうだ。

ただ、八重丞の名は出さないこと。

美智は察しがいい。「かすていら」を美智の想い出の味でつくる為なら仕方ないが、くれぐれも美智に気づかれないように。

幸次郎は、しつこいくらい念を押されたという。

恨めし気な目で、晴太郎を見た後、諦めたような顔で、幸次郎が言った。

「八重丞さんの名を出さず、『想い出の味』に触れることなく、察しのいいお美智さんに気づかれることなく、どうやって声をかけ、かすていらづくりの肝になる話を引き出すか、考えあぐねていたところです。兄さんに妙案があるのなら、色恋のお節介付きでも構いません。聞かせて下さい」

「そこは、佐菜に聞き出してもらおう。髪を結って貰いながら、世間話にかこつけて、ね」


晴太郎は、美智を西の家に呼んだ。

佐菜の髪を頼むためだ。

娘の頃に世話になった旗本家へ御機嫌伺いに行くため、念入りに髪を整えたいから、評判の廻り髪結いを探した、ということにした。

晴太郎は、まだ目が離せない幼い娘を見るために側にいる、という建前をとっている。

勿論、本音は「美智の話を直に聞きたい」だ。

やってきた美智は、華やかさはないが、きりりと整った顔立ちをしていた。

指は白く細い。柔らかく落ち着いた声は、八重丞が語った通りで、手にした鬢盥《びんだらい》は、木目鮮やかな桑の逸品で、つい目が行った。

折り目正しく腰が低いが、卑屈ではない。気配に凛とした芯が通っているところは、佐菜と似ていた。

髪結いは居間で、晴太郎は縁側でさちと遊びながら、女子二人の話に耳を傾けることになっている。

横目の遠目で確かめた髪結いの道具は皆手入れが行き届いていて、隙の無い立ち居振る舞い、佐菜の髪を扱う丁寧さ、どこをとっても、いい仕事をする女髪結いだ。

道具を大切にしているところは、晴太郎達菓子職人にも通じるところがあって、勝手に親しみを覚えた。

女二人の寛《くつろ》いだやり取りは、佐菜の髪を褒めるところから始まって、佐菜が丹精込めている庭の花や、流行りの簪《かんざし》、帯の柄、あちこちに話が飛んだ。御機嫌伺いの旗本家の話には決して触れない辺りは、余計なことに口出ししない、と決めているのかもしれない。武家の客が多いという商いならではの気遣いだろうか。

佐菜も、美智も、髪結いと客というよりは、古くからの友のように、打ち解けて楽しそうにしている。

「お美智さんのお郷は、どちら」

佐菜の問いに、美智がほんの少し黙る。

「私で、ございますか」

訊き返した声は、先刻と変わらず穏やかだ。佐菜が答える。

「少し、江戸の言葉と違うような気がしたものだから。綺麗な話し方だと思って」

美智は、身構える様子もなく「土佐なんですよ」と答えた。

「そう、土佐。きっと、美味しい物も沢山あるのでしょうね」

「そうですね。海のもの、山のもの、色々ございます」

「甘い物は、名物があるのかしら」

訊いておいて、佐菜がすぐにくすりと笑って続けた。

「うちのひとが、菓子職人をしていましてね。私は仙台の生まれなのだけれど、ずんだ餅の話をしたら、子供の様に目を輝かせて。あっという間につくってしまったのには、驚いたけれど」

うちのひと、と言われたり、出逢った頃の話が出て来たり、妙に照れ臭い。

ねぇ、お前様、と、いきなり水を向けられ、どきりとしたが、どうにか落ち着いて応じた。

「菓子づくりしか、取り柄がないからね」

かすていらへ話を持って行きたいのを堪え、さちとの遊びに戻る。小さなお手玉を放るたび、餡には使えなかった小豆が、お手玉の中で、しゃら、しゃらと、いい音を立てた。

　そうですね、と考える素振りをしながら、美智が口を開いた。

「蜂蜜は、よく使います」

　蜂蜜は、蜂が集める甘い蜜のことだ。美智の故郷の土佐、薩摩、豊後、丹波、さまざまな産地があるが、皆「熊野蜜」として扱われている。蜂の蜜で一番名が通っているのが、熊野ものだからだ。だが、土佐ものも昔から品《しつ》がいいと言われてきた。

　蜂蜜は梅酒と同じく、専ら薬として、あるいは丸薬を練る時のつなぎとしての方がよく知られている。

　美智が楽し気に言い添えた。

「菓子に使うこともありますが、こくが出て照りもつくので、煮物にもいいですよ」

　なるほど、あの濃厚な甘さは、餡に使うには難しいが、かすていらにはいいかもしれない。美智や中本が言う「かすていらの甘み」は、ひょっとして、蜂蜜だろうか。

　考え込んでいる晴太郎の耳に、溜息交じりの佐菜の呟きが飛び込んできた。

「蜂蜜にはあまり縁がないから、煮物に使うなんて、なんだか贅沢に聞こえてしまうけれど」

「家の近くに採れるところがありましたので。気軽に使えたんです」

　束の間言い淀んだ風なのは、聞き違いか。美智の物言いは、変わらず澄んで穏やかだ。

晴太郎の膝の上のさちが、母の言葉にくいついた。

「とと様。うちでは、はちみつは使わないの」

こそっと声を潜めてはいるが、佐菜と美智にもしっかり届く声だ。

「ああ、そうだね。食べたことはあるだろう」

「うん。のどが痛い時に、くりあん先生がくれたから」

梅酒といい蜂蜜といい、久利庵の甘い風邪薬は、子供達に人気だ。

考えながら、さちは続けた。

「あんにたっぷり使うと、あずきのふうみが、負けてしまいそうだものね」

晴太郎は、大人びた顔をしてひとり得心している娘の顔を覗き込んだ。

さちを見つめながら、佐菜に話しかける。

「佐菜、うちの娘はすごい職人になりそうだよ」

佐菜が、緩く笑んだ。

仕様のないひと。

そう思っている時の佐菜の笑みは、ほんの少し幸次郎と似ている。

「ごめんなさいね、うちのひとは娘に甘くて」

そんなことはない。小豆の風味だの、甘みの相性だのがもう分かるなんて、誰が聞いても驚くに決まっている。

いいえ、と美智は首を横へ振った。

「睦《むつ》まじいご一家で、よろしゅうございますね」

寂し気に響く、穏やかな物言い。

「これから、ちょくちょく頼めると、有難いわ」

佐菜の申し出に答えた美智の声は、晴太郎にもそれとわかるほど、ぎこちなく明るく、硬かった。

「申し訳ありません、お内儀《ないぎ》さん。実は、近いうち江戸を出るつもりなんです」

佐菜が、鏡越しに美智を見たのが分かった。

お前様、と佐菜が晴太郎を呼んだ。

佐菜の「お前様」は、とても弁が立つ。

晴太郎は、さちを肩車して立ち上がった。

きゃあ、とさちが嬉しそうな悲鳴を上げた。

「おさちと、川沿いの桜でも見て来るよ」

佐菜は、美智と二人きりで話したかったらしい。目顔で礼を伝えてきた。

何を話したいのかまでは分からないが、八重丞をどう思っているのかも訊き出してくれたら、有難い。

これまでの経緯は、美智に髪結いを頼む時に、佐菜にすっかり打ち明けてある。

「わあい、とと様と川だぁ。いってきまぁす」

川にひとりで行ってはいけないと、さちには言ってある。

心配のし過ぎだと言われそうだが、もう少し大きくなるまでは行かせられない。

川を見に連れて行くと喜んでもらえるからでは、決してない。

じゃあね、と声をかけて、晴太郎は西の家から、川へ向かった。

*

さちのはしゃいだ声が遠くなるのを待って、佐菜は切り出した。

「行く当ては、あるの」

美智は答えない。

佐菜は、構わず続けた。

「江戸に、心残りがあるのではなくて」

「どうして――」

「お節介を許して頂戴。お美智さんとは、今日初めて会った気がしないから、つい心配になってしまったの」

これは、晴太郎に頼まれたからではない。佐菜の本音だ。

自分と美智は、生まれてから今日までの「道筋」が、多分似ている。

佐菜は、小さく息を吐いて、告げた。

「私は、前の亭主の元から逃げてきたの。助けてくれたのが、今のうちのひと」

前の夫――武家の香りのする言葉は、選べなかった。

もう、鎧坂《よろいざか》はこの世にいない。分かってはいても、元は武家の出だと知られ、これまでの経緯を辿《たど》られるのが、怖かった。

さちが、実の父が誰なのか、その所業と末路を知ったら。

鎧坂の血を継ぐ、鎧坂と心の有り様が似ている誰かが、さちを取り戻そうとしたら。

そんな考えが、頭を過るたびに、佐菜は自分に言い聞かせた。

大丈夫、と。

おさちは、うちのひとの実の娘だということになっている。

そのために、おさちの歳をひとつ、減らした。

大丈夫。

うちのひとが側にいてくれる。幸次郎さんだって茂市さんだって、いざとなれば久利庵先生も、伊勢屋さんも、岡《おか》様も。皆で助けてくれる。

震えそうになる手を、そっと握りしめて、佐菜は恐れを押し殺した。

無理矢理笑って、続ける。

「でも、うちのひとからも逃げ出そうとしたのよ。前の亭主とのことに巻き込みたくなかったから。ううん、重荷になるのが怖かったのね。うちのひとが恐れをなして、私から去っていくのが怖かった。それくらいなら、自分から離れた方がまし。そう思ってしまった。でも、うちのひとは私の手を放さないでいてくれた。私も、このひとの手を放したくないと、思った。だから、逃げないと決めたの。そうしたら、うちのひとが前の亭主から救い出してくれた。新しい身内をくれて、穏やかで、賑やかで、楽しい日々をくれた。私でも役に立てる場を、くれた。うちのひとの手は、私にとって誰よりも力強くて、暖かくて、愛おしいの。あの時、逃げなくてよかった。あのひとの手を放さなくてよかった」

気恥ずかしいことを言っているのは、承知だ。

こんなこと、うちのひとには絶対に聞かせられない。聞いたらきっと、とても喜ぶのだろうけれど。

美智が、茶化した調子で言った。

「あら、御馳走様です」

美智が、泣いているのではないか。

そんな気がして、佐菜は振り返った。仕上げの結櫛《ゆいくし》が、美智の手から落ちた。

美智は、きゅ、と唇を噛んで俯《うつむ》いていた。

佐菜は、美智の顔を覗き込み、語り掛けた。

「ねぇ、お美智さん。逃げて済むことなら、なるべく逃げた方がいいわ。でもね、きっと一生のうちに幾度か、ここは逃げちゃいけないってことに、出逢うと思うの。その時だけは、どんなに逃げたくても、やっぱり逃げちゃいけない。私にとって、うちのひとがそうだった。お美智さんはどう。今がそうじゃないと、言えるかしら。その手は、本当に放してもいい手なの」

美智は、佐菜を見ない。

震える手で、落とした結櫛を拾い、両手で握りしめる。

ぽつりと、美智が訊いた。独り言のような問いだった。

「逃げちゃいけない『その時』って、分かるんでしょうか」

「それは、自分の胸の裡《うち》がきっと知ってるわ」

「逃げたくないだけ、ってことは」

ふふ、と佐菜は笑った。

「『逃げたくない』と、『逃げちゃいけない』は、きっと一緒よ」

晴太郎は、縁側で佐菜と二人、庭を眺めていた。

佐菜が植えた八重桜はまだ若く、綺麗に咲き揃うようになるには、もう幾年かかかるだろう。

それでも、硬い蕾《つぼみ》を、そこかしこに付けている。

春と言っても、まだ朝夕は冷える。

晴太郎が自分の羽織を佐菜の肩に掛けると、佐菜がそっと身を寄せてきた。

身体の横で感じる互いのぬくもりが、心地いい。

ぽつり、ぽつりと、佐菜が美智から聞いた身の上を、語った。

*

美智は、元は土佐の武家の娘だった。父は郷士という身分の下流の侍で、暮らしは楽ではなかったが、父母と兄、美智、四人の暮らしは楽しかった。狭い屋敷の隅、主家の眼を盗んで蜂を飼っていた。その蜂蜜が、一家の唯一の「贅沢」だった。母は、蜂蜜を売って小麦粉や砂糖、卵を買い、残った蜂蜜で「かすていら」をつくってくれた。一番おいしい「底の焦げたところ」を兄と取り合っては、叱られた。

八歳の時、商家へ養女に出され、すぐに養父母と共に江戸へ出た。

——今から思えば、私が養女に出された時、父母は兄を連れ、郷を捨てるつもりだったのでしょう。まだ幼い私が不憫《ふびん》だったのか、足手まといだったのかは分かりませんが、ひとり、養女に出されました。養父母は、元々江戸に出る算段をしていたようですし、父母と兄にはもう二度と会えないと言われましたので。養父には、実家のことは決して口にするな、里帰りなどゆめゆめ考えないようにと、言い含められましたから。

養父母は優しかったが、その優しさが祟《たた》ったのか、商いでしくじり、一家は離散した。美智は養母の遠縁だという廻り髪結いの女に引き取られた。女は美智に厳しかったし、身内の温かさは貰えなかったけれど、ちゃんと食べさせてもらえたし、髪結いの技をみっちり仕込んでくれたので、有難かった。

美智が一本立ちをして程なく、師匠は美智の前から姿を消した。贔屓客の奥方に「夫に色目を使った」と詰《なじ》られ、責められ、鬱陶《うっとう》しくなったので、江戸から離れる。

書き置きには、そう書いてあった。

美人で思い切りのいい、少しばかり気短で面倒臭がりの師匠らしいと、美智は少し笑って、沢山泣いた。

面倒だから逃げる、と書き残してあったが、多分美智を巻き込む前にと、早々に江戸を離れたのだろう。そういう、情の篤《あつ》い人だった。

そうして、美智は、ひとりになった。

自分は運がよかったのだ。実の父母のことを考えると、逃げ隠れしながら生きなければいけなかったかもしれない。養父母と離された時は、売られてもおかしくなかった。

そう自分に言い聞かせながら、寂しさ、心細さを堪え、ひたすら、髪結いの仕事に打ち込むうち、武家の贔屓客を幾人も抱えるようになった。

髪結いの腕に加え、幼い頃身に着けた武家の立ち居振る舞いが、好まれたのだろう。

幾度か縁談も持ち上がったが、美智は逃げ続けた。

賑やかだった実の父母と兄、優しかった養父母、厳しかったけれど面倒見がよかった師匠。

皆、美智を置いて去ってしまった。

ふと、昏い疑いが心の隅を過った。

自分は本当に、運がいいのだろうか。

運がいいなら、どうして、大切だった人達は今、自分の側に誰もいないのだろう。

ふいに、冷や水を浴びせられたような心地が、美智を襲った。

皆、自分を置いて去ったのでは、ないのかもしれない。

自分が、災厄を呼び寄せているのかもしれない。

思い当たったら、怖くなった。

新たな身内をつくり、大切な人をつくり、その人が去って行ったら。

自分のもたらす災厄で、不幸せにしてしまったら。

きっと、耐えられない。

だったら、初めからひとりがいい。

「髪結いの愛想のよさ」を常に纏《まと》って誤魔化《ごまか》し、それでも近づかれたら、その分間合いを取り直して。

そうやって生きてきた、筈だった。

なのに、八重丞は、少しずつ、犬や猫に恐る恐る近づく子供の様に少しずつ、間合いを詰めてきた。

いつものように美智が間合いを取ろうとするたび、八重丞に捨てられた犬のような哀しい目をされ、こちらが随分と酷いことをしているような気になった。

気づいたら、八重丞は美智のすぐ側で、嬉しそうに、物慣れない若者のように、笑っていた。

その笑顔が、愛おしいと思った。

八重丞と話をするのがどんな時より楽しく、八重丞の髪を整えることが、何より幸せなひと時になった。

八重丞は、手を尽くして美智を庇ってくれた。

役者が一番大事にしなければならないはずの、贔屓客から。

これでは、いけない。

美智は、決心した。

自分のような年上の女髪結いが、これから更にいい役者になるだろう男の側に居てはいけない。

自分の災厄に巻き込んではいけない。

もう、大切な人に置いて行かれるのは、いやだ。

だから、離れられない程「大切」になる前に。

八重丞から離れよう。

＊

晴太郎は、短く息を吐いた。

「幸次郎の受け売りだけどね。土佐の国は、侍同士でも厳格な身分の差があるんだそうだ。上の身分の侍に、下の身分の侍が虐《しいた》げられることも、珍しくないらしい。そういう辛さが、親御さんに国を捨てさせたのかもしれない」

佐菜が哀しそうな目をしたので、晴太郎は話を変えた。

「それにしても、とんだ取り越し苦労だったね。二人は想い合っていて、お互いに同じようなことを考えて、諦めようとしてたんだから」

佐菜が、笑ってくれた。ほっとする。

「嬉しそうですね、お前様」

「そりゃあ、ね。ああ、心配しなくても、もう余計な口出しはしないよ。お美智さんは、逃げないって決めたんだろう」

逃げて済むことなら、逃げればいい。でも、本当に逃げちゃいけない時は、逃げちゃだめだ、か。

まったく、俺の恋女房は、いいことを言う。

晴太郎の問い掛けに、佐菜が柔らかく笑う。

「ええ、きっと」

「だったら、後は俺がちゃんと『想い出のかすていら』を仕上げれば、きっと上手くいくよ」

そうですね、と頷いた佐菜の顔が冴えない。

「何か気がかりでも」

「いいえ、お前様」

「さ、な」

敢えて、音をひとつひとつ切って、窘めるように名を呼ぶと、佐菜の瞳が心許なげに揺れた。

佐菜が、晴太郎にそっと身を寄せた。

晴太郎は、佐菜のなだらかな肩を抱いた。

「お前様。私は、お美智さんと初めて会ったとは思えなかった。それは多分、私とお美智さんの通って来た道が、似ているからなんです」

それはきっと、侍の家に生まれ、よんどころない経緯で町人になったことを、言っているのだろう。

晴太郎は、うん、と応じることで、佐菜の言葉の先を促した。

「ずるいな、と」

いきなり話が変わったことに、晴太郎は戸惑った。佐菜が、繰り返した。

「私はずるいなと、思ったんです。お美智さんは、来し方をすっかり打ち明けて下すったのに、私は、お美智さんを諭しながら、自分のことは誤魔化した」

晴太郎は、抱いていた佐菜の肩を少し引き寄せた。

「佐菜。包み隠さず打ち明けることばかりが、誠実なのじゃあないよ」

佐菜が、晴太郎の肩を掠《かす》めるように、こちらを見上げた。

「今の佐菜が、会ったばかりの人に、あの方の話をした。覚悟も、心の力も、沢山、沢山要ったことを、俺は知ってる。ありがとう、佐菜。俺のお節介に巻き込んで、ごめん」

佐菜が、見上げていた顔を伏せた。ことんと、額が晴太郎の肩に乗る。

「お前様。私、お前様から逃げなくて、本当によかった。お前様が、私の手を放さずにいてくれて、本当によかった」

晴太郎は、少し間をおいて、佐菜に頼んだ。

「今の、もう一度言って欲しい」

佐菜は、晴太郎よりも更に長めの間をおいて、額を晴太郎の肩に付けたまま、低く言った。

「お前様の、そういうところ、良くないと思います」

照れると怒った振りで誤魔化す女房って、可愛いなあ。


佐菜のお蔭で、八重丞――美智の「想い出のかすていら」の甘みは、蜂蜜だということが分かった。

『伊勢屋』に蜂蜜はあったけれど、文字通り熊野でとれた「熊野蜜」で、総左衛門を拝み倒して、土佐ものを探して貰った。

総左衛門が自ら、眉間にしわを寄せて届けてくれた土佐ものの蜂蜜は、壺に二つ。

あまり無駄には出来そうにない。

かすていらの手順自体は、茂市と幾度か、あれこれ工夫しながらつくってみたので、迷いはない。

砂糖は、讃岐《さぬき》ものの三盆白《さんぼんじろ》。卵を江戸で売られているかすていらよりも多く。卵を、空気を含ませ、砂糖を少しずつ入れながら混ぜる。菜箸を何本も束ねたものが、使い勝手がよかった。

べたっとして、黄味の色がそのまま出ていた種が、少しずつ、ゆったり滑らかになり、かさが増え、色も淡くなって行く。

移り変わりが楽しいが、とにかく力が要る。種の黄色が薄く、白っぽく成ればなるほど、重たく、かき混ぜづらくなっていく。

だが、ふんわりとして、口溶けのいいかすていらをめざすなら、ここで手を抜いてはいけない。晴太郎も茂市も、身に染みていた。

「蜂蜜は、いつ入れやしょう」

訊いた茂市に、晴太郎は答えた。

「そろそろかな」

とろりと重くなったかすていらの種に、黄金色の蜂蜜を、回し入れる。目指すしっとりさを頭に描き、蜂蜜のとろみとすり合わせながら、塩梅を決める。

それから、小麦粉だ。

どちらも、折角つくった卵と砂糖の種を萎《しぼ》ませないように、出来る限り手早く、少ない手数で。

美智が兄と取り合ったという、「底の焦げたところ」は、種をかすていら鍋に流し込む前、鍋の底に細かな氷研《こおりおろし》――真っ白な氷砂糖を薬研《やげん》で研《おろ》したものを撒いた。砂糖でもやってみたが、氷研の方が、底の焦げには合うようだった。

出来立ては、氷研の歯ざわりが残っていて、それはそれで面白いが、二日置くと、氷研が溶け、底の焦げに沁みて、湿り気も甘みも、凝ったようになった。

店を閉めてから、佐菜の握り飯を頬張りつつ、空が白み始めるまでかすていらをつくり、店の二階で少し眠る。そんなことを三日続けて、ようやく得心の行くかすていらが、出来上がった。

しっとりとして、ふんわり柔らかく、口どけがいい。

上と下は、旨そうなこげ茶色。

切った面は、濁りも斑《まだら》もない山吹色。

濃く、こってりとした濃い甘みは、蜂蜜の微かな酸味で、爽やかさも纏っている。

こだわりの「底の焦げ」は、湿った食味、強い甘みが凝っている。子供なら、夢中で取り合うだろう。

まず、中本に食べて貰った。

自分の食べていたものとは、少し違うが、甘みは確かにこの味だ。むしろ、自分が覚えていた「かすていら」よりも、懐かしさが増したかもしれないと、大層喜んでもらえた。

同輩も喜ぶと思うから、後日で構わないので、是非売ってくれと言われ、幸次郎がいい笑顔で注文を受けていた。

中村座に「出来上がった」と知らせを入れると、八重丞は飛んできた。

味を見て貰ったが、とにかく浮足立っていて、果たして味が分かっていたかどうか。

早速、これから美智に会いに行くそうだが、餞に「想い出のかすていら」を渡し、別れを惜しむ、という様子からは程遠い。

さては、幸次郎が「このまま行かせていいのか」とかなんとか、八重丞さんを焚《た》きつけたな。

本当は、晴太郎も一緒に行って、「想い出の味」かどうか、美智に確かめたかったが、それこそ野暮というものだから、大人しく店で菓子づくりに励むことにした。

次の日、すっかり萎《しお》れた八重丞が『藍千堂』を訪ねてきた。

午《ひる》、丁度佐菜がさちを連れ、晴太郎達の昼飯をつくりに店へ来ていた時のことだ。

色男が台無しの気落ち振りに、晴太郎達は顔を見合わせた。背を丸め、項垂《うなだ》れていたせいだろうか、八重丞だと気づかれずにここまで来たようだ。

辺りに、八重丞贔屓の女達は見当たらない。

とはいえ、店先で話していて気づかれたら騒ぎになる。二階の客間に、急いで八重丞を通した。店とさちを茂市に任せ、晴太郎と幸次郎、佐菜で八重丞と向かい合う。

佐菜は、遠慮すると言ったのだが、晴太郎が頼んだ。

八重丞の気落ち振りからして、美智との「逢瀬《おうせ》」は上手く運ばなかったのだろう。

八重丞を焚きつけた幸次郎は、らしくなく狼狽《うろた》えているし、晴太郎も色恋の指南などできようはずもない。頼みの綱は、佐菜だけなのだ。

なのに。

しょんぼりと縮こまった八重丞を前にして、弟は視線で「兄さんが、聞き出してください」と訴えて来るし、佐菜はいつも通り、自分は引いて晴太郎を立てる構えだ。

晴太郎は、二人を恨めしい気持ちで見比べてから、思案した。

「想いは伝わりましたか」は、いかにも身も蓋もない訊き方だ。

「お美智さんは、かすていらをお喜びくださいましたか」は、八重丞より自分の菓子の出来栄えを気にしているように聞こえそうだ。

いくら考えても、気の利いた訊き方が、分からない。

静けさが辛い。耐えかねて、思わず口を突いて出た。

「お美智さんは、もう江戸を立たれたんですか」

八重丞がひと回り縮こまった。

「兄さん」

「お前様」

幸次郎と佐菜の、窘める言葉が重なった。

二人とも俺に押し付けた癖に。

そう言い返してやりたかったが、自分が口走った言葉がかなり拙《まず》いことは、分かっている。

八重丞が、丸まったまま、呟いた。

「――ます」

「何と、おっしゃいました」

訊き返した晴太郎に、八重丞は、萎れ、今にも泣きそうな声で繰り返した。

「お美智さんは、江戸にいます」

晴太郎は、幸次郎、佐菜と顔を見合わせた。

幸次郎が、「あの」と問いかける。

相変わらずのしょんぼり振りで、八重丞は言い添えた。

「江戸を去ることは止めてくれた。ずっと、あたしの側にいてくれると、あたしさえよければ、いさせてくれと、言ってくれたんだよ」

何だって。

再び、三人で顔を見合わせる。晴太郎達の戸惑いなぞお構いなしで、萎れたままの八重丞は、勝手に話を進めた。

「あたしがもう少し、役者として足場固めができて、この見てくれじゃなく、芝居に御贔屓さんが付いてくだすったら、所帯《しょたい》を持とうって、言い交わしました。お美智さんによく似た子も欲しいので、役者稼業に身を入れて、一日も早くしっかりしないと」

ちょっと、待ってくれ。

言っていることと、佇まいが違い過ぎる。

晴太郎は戸惑ったが、幸次郎は呆れたようだ。

「よかったじゃあ、ありませんか」

どこか投げやりに、そんなことを言う。

項垂れたまま、「ありがとう」と応じる八重丞も、どうかしてる。

堪らず、晴太郎は訊ねた。

「あの、八重丞さん」

「はい」

「おめでたい話だと、思います。なのにどうして、お力落としなんですか」

ぽつりと、八重丞が答えた。

「泣かしちまいましてね」

幸せの涙、ということだろうか。

「あの、『かすてぃら』です」

ぎょっとした。慌てて確かめる。

「お美智さんの口に、合いませんでしたか」

「合わないどころか。故郷で食べた味より少し上品だけれど、本当によく似ている、と言っていた。底の焦げたところを、兄さんと取り合った子供の頃を思い出したそうだよ」

「そ、そうですか」

ほっとして応じた晴太郎へ向かって、がばりと八重丞が起き上がり、訴えた。

「似すぎていて、辛いって。美味しすぎて、辛いって。故郷で幸せだった頃の想い出が鮮やかすぎて、辛いって。お美智さんが泣くんだ。ひとりが身に沁みる。父母や兄は今頃どうしているのだろうか。達者でいるだろうか。『かすてぃら』は、とても、美味しかった。でも、食べなければ、よかった。故郷が、あの時が恋しくて、苦しい。そう言って、泣くんだ」

再び、八重丞が項垂れた。

「あたしの、八重丞が項垂れた。お美智さんは、もう二度と郷には戻れないと言っていたのに。浅い思い付きで、『想い出の味を』なんて、考えたあたしが、お美智さんを傷つけた。あたしがお美智さんを、哀しませてしまった」

今にも泣きだしそうな八重丞を、佐菜が宥めた。

「お美智さんは、傷ついたのじゃあないと思いますよ」

八重丞が、顔を上げた。縋《すが》るような、頼りない目で佐菜を見つめる。

佐菜は、柔らかく笑った。

「幸せだった頃を、いきなり鮮やかに思い出して、驚いたんだと思います。つい、恋しさが募って溢れて、苦しくなって、涙が出た。幸せだった想い出って、そういうものじゃあ、ありませんか。過ぎてしまった日々が戻らないと思うととても辛いけれど、想い出すことは、幸せ」

「で、でも、ひとりが身に沁みる、と」

「これからは、八重丞さんがいらっしゃるではありませんか」

八重丞が、目を瞠《みは》った。

佐菜が続ける。

「思い切り泣けるお人が側にいることも、また幸せだと、私は思いますよ」

幸次郎が、幾分素っ気なく、佐菜に続いた。

「こんなところで気落ちしているより、お美智さんを慰めて差し上げてください」

「そう、だよね」

八重丞は一度、心許なげに呟いた後、今度は力の籠った声で、もう一度「そうだよねぇ」と続けた。

いきなり、しゃんと背筋を伸ばし、大きく頷く。

「あたしが泣かせたのなら、あたしが慰めなきゃあ。邪魔したね。ああ、とびきり旨い『かすていら』をありがとう。お陰様で想いが通じた。落ち着いたら、きっとお美智さんを連れて、挨拶にくる」

一気にまくし立て、八重丞は立ち上がった。

佐菜が、問うように晴太郎を見た。

「兄さん」と、幸次郎が晴太郎を促した。

八重丞が、男とも女ともつかない、滑らかな足取りで階段を降りていった。

晴太郎はひとり、動けずにいた。


八重丞と共に一度階下へ行った幸次郎と佐菜が、戻って来た。

「お前様」

「兄さん、一体、どうしたんです」

案じるように、二人が晴太郎を呼ぶ。

晴太郎は、胸につかえていた呟きを、無理に押し出した。

「俺の、せいだ」

自分の声は、ざらざらとひび割れて、酷く耳障りだった。

「俺のせいだ」

晴太郎は繰り返す。

「俺が、あんな菓子を、つくったのがいけない」

「いいですか、兄さん」

嚙んで含めるように、幸次郎は言った。

「兄さんは、八重丞さんの注文通りの菓子をつくったんです。菓子屋ができるのは、そこまで。その先、お二人がどう感じて、どうするかは、菓子屋が口を出すことでも、気にすることでも、ありません」

そうじゃない。

幸次郎の言っていることは、きっと正しい。

菓子屋は菓子をつくることが仕事。菓子で人助けをしようなんて、おこがましい話だ。

でも、そうじゃないんだと、晴太郎の心は叫んでいた。

美智は、故郷と身内を想い出し、辛いと泣いた。

けれどそれは、想い出の味によく似た「かすていら」をつくったからで、菓子屋なら、むしろ誇っていい。

耳に入る慰めの言葉も、頭に浮かんでは消えるもっともらしい言い訳も、晴太郎の心には、届かなかった。

どんな理屈も通じない。

——食べなければ、よかった。

そう言われるような菓子を、つくってしまった。

それが全てだ。

そっと、茂市が二階へ上がってきて、二人に何か話し、晴太郎に小さく頭を下げ、三人で階下へ戻って行った。

ああ、茂市っつあんも菓子職人だから、俺の気持ちが分かったんだな。

だから、ひとりにしてくれたんだ。

気づいたけれど、有難いとは思えなかった。

心は、痺れたように動かない。

自分のつくった菓子が、人を傷つけ、泣かせた。

「食べなければ、よかった」と、言わせてしまった。

そのことが、晴太郎を打ちのめしていた。

自分のつくる「甘いもん」で、束の間でも人を幸せな気持ちに。

今まで、そう思ってひたすら前へ進んできたのに。

口に合わなかったのなら、工夫すればいい。

技量が足りなかったのなら、精進すればいい。

客の意に添わないものをつくってしまったなら、幾重にも詫びて、やり直しの機会を貰う。

でも、あの「かすていら」は、会心の出来だった。

だからこそ、どうすればいいか分からなかった。

いっそ、質を落とせばよかったのか。

なんとなく「かすていら」に似たものにすれば、よかったのか。

蜂蜜の濃さの塩梅に拘ったりせず、ぼんやりした味にすればよかったのか。

しっとり、ふんわりの口どけも、底の焦げも突き詰めたりせず、ぼんやりと故郷を懐かしめるくらいに、手を抜けばよかったのか。

けれどそんな菓子を売った刹那、晴太郎は菓子職人でなくなる。

晴太郎の菓子は、これまで、沢山の人に喜んでもらった。

それが、晴太郎の菓子職人としての誇りで、喜びだった。

それが、揺らいでいた。

晴太郎の菓子が苦しめたのは、たったひとりだ。

食べなければよかったと言ったのは、たったひとりだ。

でも、今までの「沢山」は、「たったひとり」よりも、本当に重いのか。

自分に、菓子をつくり続ける意味が、あるのだろうか。

目の前に、底の見えない真っ暗な穴が、ぽっかりと開いた。

とことこと、可愛らしい足音が、階段を上がってきて、晴太郎はのろのろと顔を上げた。

さちが、晴太郎に向かい合う様にして、膝の上に乗った。

膝から落ちないように支えると、小さくて柔らかい手が、晴太郎の額の辺りを、そっと撫でた。

よし、よし、という風に。

さちが、飛び切りいい笑顔で言った。

「大丈夫よ、とと様」

「おさち」

「だって、とと様の菓子は、とっても美味しいもの。だから、大丈夫」

さちは、一心に、晴太郎の額を撫で続ける。よしよし、と。

そうか。

難しく考えることなんかないのか。

菓子は、美味しければいいのか。

目の前にあった真っ暗な穴は、いつの間にか綺麗に失せていた。

「おさち」

「なぁに」

「とと様の菓子は、美味しいかい」

「うん。さちは、とと様の菓子、大好きよ」

晴太郎は、出逢った頃よりも大きくなったさちの身体を、抱きしめた。

三話

いまひとたびの「白羊羹」

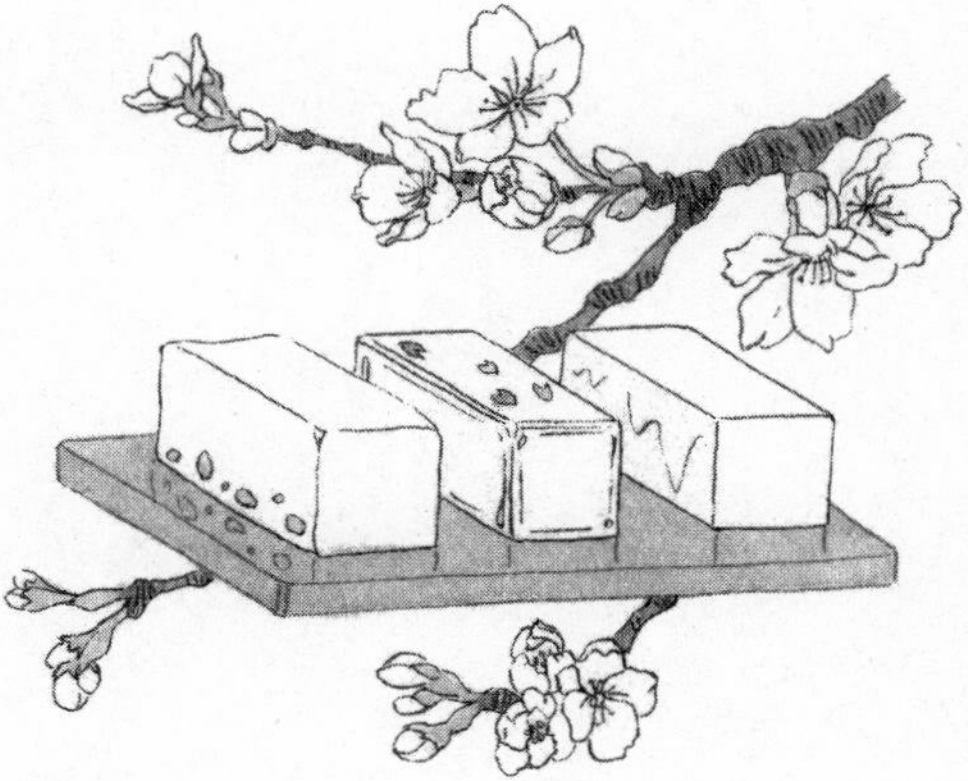

声を潜《ひそ》めた遣り取りが、『藍千堂《あいせんどう》』の作業場から、店番を引き受けた晴太郎《はるたろう》の耳に届く。

声の主は、幸次郎《こうじろう》と茂市《もいち》、それに、『百瀬屋《ももせや》』から使いに来ていた手代——双子の兄、尋吉《ひろきち》だ。あっという間に馴染《なじ》み、何かと頼りにされているらしい。妹のお早《はや》もお糸《いと》と店の周りに細やかに気を配っていて、番頭の由兵衛《ゆへえ》は「二人のお蔭で気苦労が減った」と、恵比須顔《えびすがお》だ。

尋吉が、訊く。

「旦那さん、どうなすったんです」

「しょげてるんですよ」とは、幸次郎だ。

茂市が溜息交じりに呟いた。

「無理もありやせんよ。精魂込めてつくった菓子を、食わなきゃよかった、なんて言われちゃあ、あっしでも力が出なくなりやす」

「あちゃあ、そりゃ酷《ひど》い」

本当に気遣わし気な茂市に比べ、尋吉の言い様は、あいの手の様に軽い。

「おさちにおでこを撫でられて、吹っ切れたように見えたんですけどね」

幸次郎の言葉の後には、やれやれ、と続きそうだ。

ううん、と尋吉が唸《うな》る。どこか他人事《ひとごと》で、楽しんでいるようにも聞こえるのが癪《しゃく》だ。

「思い出して、ぶり返してしまったんでしょうかねぇ。お気の毒に」

「まあ、手はしっかり動いていますし、菓子の味も変わっていないのは、大したものだと思いますが」

「じゃあ、なんだって旦那さんが店番を」

「茂市《もい》っつあんが、ね。兄さんの様子が気になって、仕事にならないんだよ」

茂市が、しおしおと詫《わ》びた。

「面目ねぇこって」

「茂市っつあんが詫びることじゃあ、ありませんよ。あの兄さんが眉間《みけん》に皺を寄せて黙りこくってたら、私だって気が散ります」

酷い言い様だ。

晴太郎は、短く息を吐いて、作業場へ振り向いた。

「しょげてる訳じゃあないんだ」

小さな間の後、幸次郎が応じた。

「おや、聞こえてましたか」

「茂市っつあんはともかく、幸次郎と尋吉は、聞こえるように言ってただろう」

立ち上がって、作業場へ戻る。

『藍千堂』は、小さな店だ。『百代桜《ももよざくら》』はまだ売り始めていないし、店番は要らない。

晴太郎は、少し笑って茂市に詫びた。

「済まなかったね、茂市っつあん。辛気臭《しんきくさ》くしてるつもりはなかったんだけど」

「晴坊ちゃま、とんでもねぇ」

笑い上戸の茂市が、泣きそうだ。

悪いことをしてしまった。

「本当に違うんだよ。まあ、『食べなければよかった』って言われたのは、少し、いや、かなり落ち込んだけどね」

茂市を宥《なだ》めて、続ける。

「『藍千堂』を始めてから、俺の菓子が、ちょっとだけ他人様《ひとさま》の役に立ったことがあっただろう。いつの間にか、自惚《うぬぼ》れてたのかもしれない」

晴太郎は、思い返す。

松沢様《まつざわ》の野点《のだて》に出した、紅餡《べにあん》に白いそぼろ餡を纏わせ、氷研《こおりおろし》で仕上げた誂《あつら》え菓子。足袋職人、九助《きゅうすけ》の息子を偲《しの》んだ黒砂糖の煉羊羹《ねりようかん》。先だっての、「見える梅」のちいさ菓子。

自分の菓子が、人助けをしたとは思わない。でも、「おいしい」の他に、ほんの少し、幸せの方へ背中を押せたのじゃないか。そんな気になっていた。

自分は、自分の菓子を食べた人が「幸せな顔になる」ことが、ただ嬉しかったはずだ。いつの間に、菓子で「人を幸せにする」ことを目指すようになってしまったのだろう。

「『おいしい』って、何だろうね」

誰にともなく、晴太郎は訊いた。

食べなければよかったと言った美智《みち》も、おいしいとは思ってくれたのだろうか。だとしたら、菓子屋としてそれは、喜んでいいのだろうか。

淡々と、尋吉が答えた。

「自分が『おいしい』と思ったら、それが『おいしい』です」

茂市が、続けた。

「あっしら菓子職人は、一生そいつを追い求めるんでしょうねぇ」

幸次郎が、断じる。

「『藍千堂』の菓子でなければ、というお客さんが沢山いて下さる。それが答えではないでしょうか」

「そうかな」

その「沢山」を、よしとしていいのだろうか。

「当たり前です、兄さん。江戸の菓子好きが全て『藍千堂』に集まったら、うちも『百瀬屋』さんも、困るでしょう」

晴太郎は笑った。

そこで『百瀬屋』――お糸が出てくるのだから、幸次郎は変わった。これからが楽しみだ。

幸次郎が眦《まなじり》を吊り上げた。

「何です」

「何でもない」

笑いを噛み殺した時、

「いるかい」

と、岡丈五郎《おかじょうごろう》の訪《おとな》いが聞こえた。

幸次郎が立って行くと、作業場へ岡を連れて戻って来た。

「おう、揃《そろ》ってるな。丁度いい」

岡が晴太郎達を見回し、板の間へ腰を下ろす。

「先だってここを窺《うかが》ってた奴と、おかしな噂の出どころ、分かったぜ」

梅の花の頃、材木問屋『相模屋《さがみや》』の跡取り息子喜助《きすけ》が、『藍千堂』を訪ねてきた時、店を窺っていた侍がいた。

念のためと、岡が店と西の家の周囲に、暫《しばら》く手下を付けてくれていた。

それきり姿が見えないと聞いていたので、晴太郎は安心していたのだ。

「おかしな噂」とは、喜助が言っていた『変わり菓子を扱っている』という話だろうか、それとも、中村座の役者、岩崎《いわさきや》八重丞《えのじょう》の『無茶な注文も受けてくれる』の方か。

晴太郎は岡を見、そして商いに纏《まつ》わることには、万事抜かりのない弟を見た。

幸次郎が、小さく頷く。

「『変わり菓子』と『無茶な注文』、どちらも少し気になったので、それとなく調べてみたんですが、そんな噂、どこへ行ってもまるで聞かなかった。妙だな、と岡様に相談したという訳です」

弟が、十手《じって》持《もち》ちのようだ。

晴太郎の心中を映したように、尋吉が言った。

「いつから、岡の旦那の手下になったんです、幸次郎さん」

岡がにやりと笑って応じた。

「どっちかっつうと、俺が幸次郎に顎《あご》で使われてるんだけどな」

幸次郎が、顔を顰《しか》めた。

「止してください、旦那」

喉で低く笑いながら、岡は話を進めた。

「それでよ、件の注文を持ち込んだ二人を探ったら、同じとこにたどり着いた」

「それは、どこです」

幸次郎の問いに、岡が答えた。

「『百瀬屋』だ」

頭が、真っ白になった。

幸次郎の笑みが、ぎこちない。

「御冗談を」

岡が目を丸くして、笑った。

「済まねぇ、ちょいと言葉が足りなかった。どっちも『百瀬屋』の贔屓客《ひいき》だったのさ。お糸や由兵衛、ついでに愛宕山《あたごやま》に引っ込んだどうしようもねぇ先代も、知らねぇ話だ」

晴太郎は、軽く頭を振って、弱音《よわね》を吐いた。

「申し訳ありません、旦那。私には、何が何だか」

喜助も八重丞も、大切な人の為に一所懸命だった。

あれが芝居だとは思いたくない。

大体、そんな出まかせを言って、あの二人に何の得があるのか。

岡が笑《え》みを収めて、晴太郎を見た。

「『百瀬屋』で、お前ぇさんがつくった白羊羹を覚えてるかい」

晴太郎は頷いた。

白羊羹は、清右衛門《せいえもん》叔父が中気《ちゅうき》で倒れた時、お糸に頼まれて『百瀬屋』でつくった茶席の菓子だ。

白大角豆《しろささげ》と砂糖、寒天でつくる白い棹《さお》もので、舌触りがよく、大角豆の旨味と砂糖の味を真っ直ぐ楽しめる一方、白の色が濁りがちだ。あれは、味も見た目も、いい出来だったはずだ。

注文主は、たしか「質実剛健、四角四面、無駄と遊びを厭《いと》う旗本」と聞いた。お糸曰く「点《た》てる茶も、真四角の味がする」らしい。

晴太郎が『百瀬屋』を出てから付いた贔屓客で、茶席の菓子は必ず『百瀬屋』で、菓子は「全て任せる」という頼み方だったようだ。

だから晴太郎は、『百瀬屋』の白羊羹に『藍千堂』の「驚き」も、先代清右衛門《せいえもん》の「鮮やかさ」も取り入れなかった。

白く、四角く、ただ真っ直ぐに茶に添う菓子。

お糸からは、「今までで一番の菓子だ」と、お褒《ほ》めの言葉を頂いたと聞いている。

岡が、小さく頷き返した。

「材木問屋の跡取り息子と中村座の色男役者を、『藍千堂』に行くよう仕向けたのが、その旗本家当主の弟だ」

当主は、高見《たかみ》敏蔵《としぞう》。小姓組組頭《こしょうぐみくみがしら》を務めている。小姓組番頭《ばんがしら》を務める疋田《ひきた》五《ご》右衛《え》門《もん》――松沢雪《ゆき》の父の配下ということになる。

真面目に役を務め、鍛錬、精進《しょうじん》を欠かさない敏蔵の唯一の道楽が茶道で、親しい客を招いては、よく茶会を催しているそうだ。奇をてらった真似を嫌い、茶会の菓子も、余計な手を一切加えない『百瀬屋』を贔屓にしていたのだという。

敏蔵には年の離れた弟がいて、名を功之《こうの》介《すけ》という。養子にも出ず、「冷や飯食い」の立場ではあるが、兄に慈《いつく》しまれ、道場で剣術指南をしながら、何不自由なく過ごしている。

ええと、と戸惑いの声を上げたのは、尋吉だ。

「それはつまり、ご立派な御旗本の弟君が、町人相手に嫌がらせをしてる、ってことですか」

岡が、耳の裏をごりごりと掻いた。

「まあ、嫌がらせっていやあ、そうなのかもしれねぇな」

岡も、煮え切らない様子だ。尋吉が、ひょいと肩を竦《すく》めた。

「なんだって、そんな小せぇ真似を。するにしたって、もっと手応えがあると言うか、ちゃんとした嫌がらせをすればいいのに、どうにも、ぱっとしないのも、妙な話ではございませんか」

幸次郎が、尋吉をちろりと睨んだ。

「尋吉は、どちらの味方です」

「勿論《もちろん》、『藍千堂《こちら》』ですよ。あ、ひょっとして――」

ふいに声を高くした尋吉に、皆の目が集まった。

「こちらの様子を窺ってた侍って、その弟君ですか」

岡が、目を細めた。

「目端《めはし》が利くな」

尋吉が、にっこりと笑って応じた。

「お褒めに預かりまして」

ふむ、と岡が鼻を鳴らした。

「喜助の首尾を、見張っていたんだろうな」

また、自分の菓子がその功之介という旗本当主の弟を、傷つけたのだろうか。

晴太郎は、しおしおと呟いた。

「あの時の白羊羹の、何が悪かったんでしょうか」

岡が、ひらひらと掌《てのひら》を翻《ひるがえ》した。

「違う、違う。菓子に文句をつけてるんじゃねぇよ。むしろ、出来が良すぎたのが切っ掛けだ。まあ、お前さん達と『百瀬屋』の因縁の燃え滓《かす》に、ちょいと火がついちまったってぇとこかな」

俯《うつむ》きかけた顔が、ひとりでに上がる。

幸次郎が、面《おもて》を引き締めた。

「詳しく、伺っても」

ふう、と悩まし気な吐息《といき》をひとつ、岡が語った。

「晴太郎の白羊羹を、高見様は大層喜んだ。『百瀬屋』がつくったものと信じてな。清右衛門が中気で倒れたことを、茶会の後になって知って、助けになれればと言って回った。あの菓子は大したものだ、主《あるじ》が倒れたのにも関わらず、あのような素晴らしい菓子をつくるとは、いい職人を育てているのだろう、と」

幸次郎が、不機嫌に唇を歪《ゆが》め、茂市は込み入った顔で晴太郎を見た。あの時の経緯《いきさつ》を聞かされていたらしい尋吉が、つけつけと言葉にする。

「知らぬは当人ばかりなり、ですか。随分とおめでたい旗本のお殿様だ」

初めて会った時より、尋吉の遠慮がなくなっているような気がする。のびのびとしていて、いいと言えばいいのだが。とはいえ、今の無遠慮な物言いは、尋吉の為によくない。

窘《たしな》めようとした晴太郎に先んじて、岡が釘を刺した。

「ここじゃあ構わねぇが、他所《よそ》ではもう少し口に気を付けた方がいい。勿論『百瀬屋』でも、だ。噂好きの奉公人ってのは、悪気はなくても困った話を広めちまうもんだ」

尋吉は、神妙な面持ちで岡に頭を下げた。

「肝《きも》に銘《めい》じます」

「うん。それからな、『知らぬは当人ばかり』じゃあ、済まなかったんだよ」

幸次郎が訊いた。

「どういうことでしょうか」

苦い溜息が、岡の口から零《こぼ》れた。

「晴太郎の白羊羹を出した茶会に招かれた客に、『藍千堂』の贔屓がいてな」

その客は、一口食べて、これは『藍千堂』の菓子だと気づいたそうだ。

茶会亭主の敏蔵が『百瀬屋』の菓子だと信じているようだったから、その場では黙っていた。

けれど、少しして、敏蔵が茶道楽を集め、『百瀬屋』の菓子を褒め称えている場に通りかかり、辛抱が出来なくなった。『藍千堂』の菓子を、よりによってあの『百瀬屋』と間違えるとは。

――高見殿。あの時の白羊羹は、『百瀬屋』ではなく『藍千堂』の菓子であった。『藍千堂』の良さに、貴殿が気づいたことは何よりだが、あれを『百瀬屋』の菓子だと思い込むとは、貴殿の茶会亭主の力量も、推して知るべしと言わざるを得ぬ。

場違いなのは、分かっている。

分かっているが、晴太郎は知りたかった。

「それは、どなたが――」

岡が、困った様に笑った。

「目付の杜《もり》様だ」

あ、と晴太郎と幸次郎は、小さく声を上げた。

松沢家と親しい若き旗本で、ゆくゆくは勘定奉行にと目されている切れ者だ。松沢家の茶会で『藍千堂』の菓子を大層気に入ってくれた。

以来、「茶席でなくても味わいたい」と、お忍びで御供も連れず、自ら『藍千堂《みせ》』へ足を運んでくれる、有難い贔屓客だ。

信じようとしない高見に、杜はひとつひとつ、噛んで含めるように『百瀬屋』と『藍千堂』の違いを、矢継ぎ早に伝えたそうだ。

――濁りのない白さは、『百瀬屋』でも出せただろう。違っているのは、使っている砂糖の質と、その砂糖の味を活かす技。一見、飾り気のない見た目は『百瀬屋』を模しているように見えて、切り口の滑らかさ、艶やかさは、菓子の美しさに拘《こだわ》る『藍千堂』ならではの技で、『百瀬屋』の菓子には見られない華やかさがあった。なめらかな舌触り、寒天の歯触りを、一番楽しめるよう、少し小ぶりに整えられていたのも、「茶席に手頃な大きさ」に整えることしか考えない『百瀬屋』なら、まずしない気遣《きづか》いだ。『百瀬屋』の菓子に比べ、ほんの少し茶会で菓子が際立つこともあるが、茶の邪魔をすることはない。飛び切りいい器で茶を楽しむのと、同じことよ。

幸次郎が、呟《つぶや》いた。

「さすが杜様、というところでしょうか。兄さん、間違っても『百瀬屋』の菓子に徹することが出来なかった、とは言わないでくださいね」

晴太郎は、むっつりと言い返した。

「言わないよ」

言う訳がない。自分の拘りをことごとく分かって貰ったことが、こんなにも嬉しいのだから。

店で会う杜は、物静かで口数も少ない。けれど、菓子を手にした時の嬉しそうな姿はなまじな褒め言葉よりも弁が立ち、晴太郎にとっても、茂市にとっても、職人冥利《みょうり》に尽きる誉《ほま》れだと、思っていた。

御供も連れず、お忍びで来るのは、心おきなく次に注文する菓子を選びたいからだぞうで、菓子帳や晴太郎の話に、あれこれと悩む様は、目付の御役にある旗本当主には見えない気さくさだ。

正直、初めは狼狽《うろた》えもしたし、粗相があったらと思うと気が気ではなかったが、今では杜が訪ねてくるのを、晴太郎も幸次郎も茂市も、楽しみにしている。

うほん、と岡が、空咳をした。

「呑気に喜んでるとこ、悪ぃがな。話を戻すぜ」

晴太郎は、幸次郎と顔を見合わせ、肩を竦めて小さく笑い合った。

幸次郎が、岡を促す。

「失礼しました。お願いします」

「おうよ。何しろ相手は、目付だ。小姓組番頭配下の組頭が嚙みつける相手じゃねぇ。言い返すことも出来ずに、恥をかかされたって訳だ。その座にいた方々は、茶の湯に詳しい面々だったらしいからな」

幸次郎が、難しい顔になった。

「恥をかかされた意趣返しに、高見家当主が弟を使って、嫌がらせをしてきた、ということでしょうか」

岡が、首を横へ振る。

「いや、御当主は関わってねぇ。兄ちゃんを崇拝しまくってる弟が、兄ちゃんに恥をかかせた生意気な菓子司《つかさ》の化けの皮を剥《は》いでやろうと、勝手に色々仕掛けてきたってぇ訳だ」

岡は、これまでの経緯《いきさつ》を語った。

*

喜助は、父親が付け届けの添え物に『百瀬屋』の菓子を使っていた。

八重丞は、世話になっている裏方や端役の役者達に、『百瀬屋』の落雁《らくがん》を配っていた。

その二人に白羽の矢を立てたのには、『百瀬屋』の聞き上手で人の好い手代、八助《やすけ》が一役買っていた。

お糸の思い付きで、手代の八助が世間話をしながら、好みの菓子やちょっとした流行り物、『百瀬屋』の菓子に満足しているかを客から聞き出すことにしたのだそうだ。

当代清右衛門は「客の好み」や「流行り物」に重きを置いていなかった。

勿論、客の注文には応じるが、それは求められたものだけ。清右衛門が考える「百瀬屋の菓子」から外れない分だけ。

客が言葉に出さない望みや好みを掬《すく》い上げることはしなかったし、客が驚くような工夫をすることも、頑なに拒んでいた。

今の百瀬屋の売り『地に足の付いた菓子』から外れないようにしつつ、まずは「掬い上げる」ことから始めよう、ということになった。

八助は、よく働いた。

人の好さと聞き上手のお蔭で、菓子や流行りものに留まらず、悩み事や困りごと、愚痴まで打ち明けられるようになった。

一方、兄の使いで『百瀬屋』に幾度も来ていた功之介は、八助と客達の様子を見て思いついたのだそうだ。

『藍千堂』は、どうせ奇をてらった菓子で、評判をとっているだけの菓子司だ。厄介な注文を嗾《けしか》ければ、すぐに化けの皮が剝《は》がれる。後はそのしくじりを、読売屋に書かせるなり、噂にして撒かせれば、すぐに潰れるだろう。

そうすれば、江戸で評判の菓子司は、兄が贔屓にしている『百瀬屋』になる。兄の面目も立とうというものだ。

功之介は、自分も世間話をする風を装って、手代に近づいた。

さりげなく、「店で持て余すような、いわくつきの誂え菓子を頼む客」へ話の筋を持って行った。

人の愚痴や困りごとを聞かされ続けていた手代は、つい、自分も愚痴をこぼしてしまった。

——目の悪いお人に見える菓子だの、市中で売っているのとは味の違う南蛮菓子だのと言われても、正直どうにもなりません。『百瀬屋《うち》』は、普通の菓子司なんですから。

二人は、功之介にとっておあつらえ向きの「客」だった。

功之介は、手代に告げた。

だったら、その二人に『藍千堂』を案内してやればいい。「『変わり菓子』を扱ってる」とか、「無茶な注文も受けてくれる」とか、適当なことを言って勧めれば、客も喜んで『藍千堂』を訪ねるだろう、と。

手代は、迷った。

いくら『藍千堂』でも、おかしな注文をする客は、扱いに困るだろう。

『藍千堂』には助けて貰っている。「変わり菓子」だの「無茶な注文」だの、根も葉もないことを広めるのは、気が引ける。

それでも、人の好い手代は、思った。

件《くだん》の客は、どちらも思いつめていた。何とか助けたい。

『藍千堂』なら、おかしな注文も、何とかしてしまうかもしれない。何より「お嬢さんの従兄《いとこ》」の店だ、『百瀬屋』の手に余る客を頼んでも、誰も咎《とが》めないだろう。

八助は、功之介の誘いに乗った。

＊

「最初《はじめ》は、『百瀬屋』の手代が『藍千堂』に悪さをしようとしてる風に見えてな、正直焦ったぜ。先代夫婦が、愛宕山から差し金使ってるんじゃねぇかってよ」

　岡が、ぼやく。

　尋吉が、いい顔で笑った。

「私が、目を離したのがいけませんでした。申し訳ありません。八助さんには、手代の、いえ、奉公人の『いろは』から、みっちり覚え直して頂かなくては、なりませんね」

　岡が、呆れたように笑う。

「おいおい、お前ぇ、『百瀬屋』の新入りだろう」

「今の『百瀬屋』に、新入りだからと遠慮しているゆとりがあると、お思いですか」

「いや、参った」

「藍千堂さんへの嫌がらせが生ぬるいのは、その弟君の詰めが甘いからでしょうか」

「いや。当人は、嫌がらせだと思ってねぇ。大事な兄ちゃんの顔に泥を塗ったろくでもねぇ菓子司を無理難題で懲らしめ、真っ当に改心《い》させるつもりだったんだとよ。ちょっとした世直し気分ってぇ奴だな」

幸次郎が、恐ろしい笑顔で、切り捨てた。

「そういうはた迷惑なお身内は、金輪際屋敷から出さないで頂きたいですね。高見様の面目にも関わるでしょう」

「幸次郎」

窘めようとした晴太郎の呼びかけを、幸次郎はするりと聞き流し、岡に訊いた。

「それはそうと、岡の旦那」

「なんだい」

「先刻から話を伺っていて、気になったのですが」

「おお」

「随分お詳しいことで。まるで、お糸の思い付きも、八助の働きとしくじりも、はた迷惑な旗本の弟君の目論見も、その場で見聞きしていたようです」

岡は、少しばつが悪そうに、顎を掻いた。

「そりゃあ、当人達から直に話を聞いたからよ」

「――はい」

幸次郎が、訊き返した。岡が、あっさりと答える。

「功之介様に、深い恨みや悪意があった訳じゃねぇ。御自分の所業を、念入りに隠していた訳でもねぇ。ちょいと探っただけで、からくりは見えた。功之介様は、『百瀬屋』

の周りもうろうろしててなあ。お糸んとこのお早《はや》が見咎めて、知らせに来てくれたしな。そこまではっきりすりゃあ、纏《まと》めてとっ捕まえて、話を聞くのが早《はえ》ぇ」

とっ捕まえる、なんて物騒な。

晴太郎が、

「御旗本の弟君に、そんなことをして、大丈夫ですか」

と問えば、幸次郎はいい笑顔で、

「お糸を、『とっ捕まえた』とは、どういうことでしょう」

確かめる。

げんなりと眉を下げ、岡が晴太郎達を宥めた。

「小せぇとこに、引っかかるな。言葉の綾だ、言葉の綾」

お糸は、大きな役目を八助に任せきりにしていたことを、悔いていたそうだ。

八助は、お糸や由兵衛に指図を仰がず、考えなしで動いたことを、泣きそうになりながら、幾度も詫びていたという。

功之介は、仏頂面《ぶっちょうづら》をしていたものの、大人しく岡に諭《さと》されるままになっていたとか。

ただ、岡が「嫌がらせ」と言った時だけ、むきになって言い返したらしい。

――質実剛健を旨とする高見家の者が、嫌がらせなぞせせぬ。

本当に岡は、旗本相手にそんなことをして、咎めを受けたりしないのだろうか。

つい、じっと岡を見つめていた晴太郎に岡が、笑い掛けた。

「心配いらねぇ。俺ぁ、高見様に詫びを入れられたぜ。『弟が手間をかけた』ってな」

幸次郎が、小さく頷く。

「弟君が、菓子司に嫌がらせをしたなぞ、『質実剛健を旨とする』御旗本にとって、外聞が悪いでしょうから。大事になる前に収めた旦那には、しかるべき礼があってもいいくらいです」

岡が、申し訳なさそうに笑った。

「済まねぇが、すっかり収められた訳じゃあねぇんだ。晴太郎は俺より、手前《てめ》ぇの心配した方がいい」

晴太郎は、首を傾げた。

岡が告げた。

「高見様が、晴太郎に会いてぇんだそうだ」

『藍千堂』は、大騒ぎになった。

旗本小姓組組頭、高見敏蔵が晴太郎に会いたいという。

それも、晴太郎を屋敷へ呼ぶのではなく、敏蔵が騒ぎを起こした弟、功之介と共に

『藍千堂』を訪ねると、言い出した。

それはもう、必死で遠慮した。どこへなりとも伺うからと、伝えた。

晴太郎は勿論《もちろん》、幸次郎も茂市も、仕事にならない。万が一、店で不興を買ったら、家主で後見の伊勢屋総左衛門《いせやそうざえもん》にまで災難が降りかかる。

不興を買ってしまったら、それがどこにせよ、総左衛門を巻き込む羽目には、なるのだけれど。

どこからこの話を聞いたのか、松沢家も間に入って、敏蔵に説いてくれた。松沢の屋敷で顔を合わせたらどうだ、と。

町場の菓子司に旗本が足を運ぶのは、どちらの為にもならない。松沢家当主で雪の舅《しゅうと》、利兵衛《りへえ》は無役の旗本ではあるが、武家の間で評判の茶会に集まるのは、幕閣に名を連ねるような大物ばかり。後ろ盾を考えれば、小姓組組頭が逆らえるような人物ではない。

それでも、敏蔵は『藍千堂』へ赴《おもむ》くと言い張った。

杜様がお忍びで通う菓子司だ。自分が赴くのに何の不都合があるのだ、と。

そうして、晴太郎達が折れた。

――あまり渋り過ぎて、痛くない腹を探られるのも面倒だから、とっとと呼びつけて、とっとと追い返してしまいなさい。後は、こちらで何とかする。

す。

そう総左衛門に言われたのだ。

一体、どう「何とかする」のだろう、とは訊けなかった。

――店は手狭で、大したおもてなしも出来ませんが、『藍千堂』にてお待ちしています。

そう松沢家を通して伝えて貰うと、すぐに返答が来た。

――もてなしは不要。だが、代金は払う故、先日の「白羊羹」を所望する。

晴太郎達は、急いで仕度を始めた。

白羊羹には、なるべくあの日と同じ材料を使いたい。

あの日、『百瀬屋』で使ったのと同じくらい良質な白大角豆を探し、寒天はお糸に分けて貰った。砂糖は『藍千堂』から持ち込んだから、店にある唐《から》ものの三盆白《さんぼんじろ》でいい。

そして、晴太郎はひとつ策を立てていた。

晴太郎ひとりの評判が落ちるのは、いい。

だが、『藍千堂』は茂市が興した店だ。

父の味を継ぐために、晴太郎と幸次郎が茂市から託された店だ。

主である自分の評判が、そのままその大切な『藍千堂』の評判になる。

「奇をてらった菓子で、評判をとっているだけの」「ろくでもない」菓子司と思われたままでは、いけない。

高見兄弟が『藍千堂』を訪れる日は、佐菜《さな》とさちも、お糸も決して店に来ないよう、念を押した。できれば、茂市も幸次郎も店から出したいところだが、「普段と同じ商いを見せよ」と言われているので、そうもいかない。

高見敏蔵は、「白羊羹」で面目を潰されたことは、気にしていないと、岡からも間に入ってくれた松沢利兵衛からも聞いている。だが、本心は分からない。弟の功之介は、関わりのない喜助や八重丞を巻き込み、嫌がらせをしてきた男だ。

もし何かあった時、責めを負うのは自分ひとりでいい。

その日は、晴太郎達が高見兄弟と対している間の店番を、総左衛門がすることになった。店番は方便《ほうべん》で、何かあった時に加勢してくれるつもりなのだろう。

総左衛門は佇《たたず》まいも、立ち居振る舞いも大層品がいいが、何と言っても、界隈《かいわい》の顔役だ。お客さんが寄り付かないのじゃないか、と晴太郎が危ぶんだのは、内緒だ。

西の家には、岡がいてくれることになった。

そうして、高見兄弟が『藍千堂』を訪れる日が、やってきた。

佐菜の少し心配そうな微笑と、さちの眩しい笑顔に送り出され、晴太郎はいつもより早く、茂市と共に店へ来た。幸次郎は、総左衛門や岡と話してから、店へ来るそうだ。

白羊羹は、茂市と昨夜のうちに仕込んでおいた。後は切り分け、仕上げるだけだ。

いつも通りに茂市と菓子をつくり、幸次郎は誂え菓子を届けに行きがてら、「百代桜」

の注文をとりに客先を回る。ふらりと店を覗いた馴染み客と他愛ない話をし、羊羹を二棹、金鍔《きんつば》を五つ、売った。

昼飯は、佐菜が持たせてくれた握り飯で慌ただしく済ませた。

八《や》つ刻《どき》の少し前、総左衛門が店に来たところで、いつも通り金鍔を焼いて一休みしたが、全く味がしなかった。

早々に八つの休みを切り上げ、仕事に戻ろうとしたところで、着流しに顔を笠で隠した高見兄弟が、やってきた。

高見敏蔵は、「質実剛健」がそのまま人の姿を取った、頑強そうな見た目をしていたが、物言いも立ち居振る舞いも、静かで鷹揚《おうよう》な侍だった。

とはいえ、高見よりも役職が上の松沢利兵衛の方が、余程気さくだ。

これが、お糸の言う「四角四面」なのかもしれない。

弟の功之介は、兄に比べ細身で、顔立ちも優し気だ。口をへの字にしているのは、兄の面目を潰されたことに未だ憤っているのか、兄に叱られて――岡の話では、卑怯な振る舞いを厳しく咎められたらしい――臍《へそ》を曲げているのか、分からなかった。

店番の総左衛門を認め、敏蔵は束の間面を厳しくしたが、何も言わなかった。

二人をどこに通すかで、早速もめた。

二階の客間へ案内しようとした晴太郎を、敏蔵が止めたのだ。

「店の様子が見たい。仕事場の隅で構わぬ」

こちらが、構います。

言い返しそうになったところを、ぐっと堪える。

幸次郎が、静かに促した。

「小さな店です。二階の客間からでも、店の様子はお知りになれます。仕事場は、散らかっております。旗本の御殿様にご案内できるような場では、ございませんので」

「気遣いは無用。そう伝えたはずだが」

幸次郎の、心の舌打ちが聞こえた気がした。

ふいに、総左衛門が呟いた。

「さて、これは妙なことにございますな」

穏やかな物言い、声音だ。

功之介が、苛々《いらいら》と訊ねた。

「何が、妙なのだ」

「功之介。止めなさい」

敏蔵が弟を窘め、総左衛門に向かった。

「お主は、伊勢屋だな」

「左様にございます」

ゆったりと、丁寧に、総左衛門が頭を下げる。

同じ問いが、繰り返された。

「妙とは」

総左衛門が、ひたと敏蔵を見た。

「高見様は、こちらへおいでになった理由《わけ》は何だったかと、思いまして」

「伊勢屋、何が言いたい」

ぴりぴりと、肌を刺すような張り詰めた空気に、晴太郎は息を詰めた。

ふ、と総左衛門が笑った。

「まさか、面目を潰された意趣返し、嫌がらせにおいでになった訳ではございますまい」

功之介が、刀の柄に手をやった。

「貴様――っ」

「止めよ、愚か者がっ」

びりびりと、障子が震えるような大喝だった。

何だ、何だと、通りがかりの人々が、店の中を覗く。

幸次郎が立って行って、騒がせた詫びを告げた。

総左衛門が笑みを収め、鋭い視線で功之介の腰の物を指してから、敏蔵に向かった。

「店先で、斯様《かよう》なお振舞い。外の目がございます。それでなくとも、この店はこぢんまりしております。小さな作業場においでの高見様の気配は、店中に伝わりましょう。お客さんも職人も落ち着かず、到底商いにはなりますまい。これが嫌がらせでなくば、一体何でございましょうや」

晴太郎は、はらはらと、高見兄弟と総左衛門を見比べた。兄に叱責された功之介は、すっかり萎《しお》れている。総左衛門は敏蔵の強い視線を、平然と受け止めている。

押しつぶされそうな、重い静けさの後、敏蔵が晴太郎を見た。

「二階の客間とやらへ、案内《あない》を頼む」

二度、つまずきそうになりながら、高見兄弟を客間へ通し、晴太郎はなんとか一階へ戻った。

茂市が、心配顔で「晴坊ちゃま」と声をかけてきた。

早くも疲れ果ててしまったが、なんとか笑みを作って、茂市に応じた。

「うん。店の様子を知りたいから、暫く放っておいてくれって。折を見て茶と菓子を持っていくよ」

茂市も、硬い顔で少し笑った。

それから晴太郎は、店へ出た。表の騒ぎは幸次郎がすぐに収めてくれたようだ。こちらを窺っている野次馬の姿はない。

幸次郎と共にいる総左衛門に、晴太郎は礼を言った。

「先ほどは、ありがとうございました。本当なら、主の私が収めなければいけない場でした」

ふい、と総左衛門は、晴太郎から目を逸らした。

「あれを晴太郎が収められたら、私はもう隠居を考えなければならないよ」

つまり、気にするなということだろう。

相変わらず、素直じゃない。

晴太郎は、こっそり笑いながら、もう一度総左衛門に頭を下げ、幸次郎と茂市を促した。

「さて。高見様は、店の様子がお知りになりたいということだから、普段通りに過ごそう」

*

高見敏蔵は、静かに目を閉じ、店の気配と聞こえてくる遣り取りを、拾った。

『藍千堂』に足を踏み入れた時から、甘い香りが高見を包んでいた。

ゆっくりと沁み込んだ、砂糖の匂いだと、主から聞いた。

垣間見た作業場は、狭いし散らかっていると言っていたが、掃除が行き届き、きちんと整えられていた。

店の様子を知りたいから、暫く気遣いは無用、放っておくようにと伝えると、主は戸惑いながら、階下へ戻って行った。

少々、頼りないところがありそうだ。

それから暫くは、自分達兄弟が気になるのか、気配も遣り取りも妙に硬かったが、すぐに仕事に気を入れ出したのだろう。

活気のある遣り取りが、届いて来た。

『晴坊ちゃま、味を見て頂けやすか』

『うん、いいね』

『桜が少し早く咲きそうですので、「百代桜」の売り出しも早めたいのですが』

『大丈夫だよ、幸次郎。支度は整えてあるから』

『兄さん、茂市っつあん、伊勢屋さん、では、行ってまいります』

『幸坊ちゃま、久利庵先生によろしくお伝えくだせぇ』

『「百代桜」、今年はいつ頃頂けるのかしらねぇ』

『これは、領国屋の御内儀《おないぎ》様。いつも有難う存じます。丁度、今年の桜に合わせて少し早めようかと、話していたところです。三、四日後には』

『あら、嬉しい。桜が咲き揃うにつれて、羊羹の花びらも増えるのが楽しくて、ついそのたびに頂いてしまうのよね』

『御贔屓を頂戴し、有難う存じます』

店の者達が、てきぱきと楽しそうに立ち働くほど、客達が嬉しそうに菓子の話をする度、傍らの功之介が、苛々と落ち着かなくなった。

いつまで放っておくつもりだ、だの、主が「坊ちゃま」扱いか、だの文句を言うたびに叱って、大人しくさせた。

「主が戻って参っても、お前は静かにしていなさい。話は儂《わし》がする」

不服気な弟に、「良いな」と念を押した。

少し、喉が渇いたな、と思った時、階段を上がる足音が聞こえて来た。

*

本当なら、茶を点てた方がいいのだろうとは思ったが、晴太郎は作法が分からない。美味しく点てることなら出来るが、茶道とはそういうものでもないだろう。

だから、総左衛門が持ってきてくれた質のいい煎茶を、温《ぬる》めの湯で淹《い》れた。

「煎茶で、申し訳ありません」

晴太郎の詫びに、敏蔵は穏やかに応じた。

「貰おう」

顔つきは変わらないが、ゆっくり味わっている様子から、口には合ったのだろう。

晴太郎が、ほっとしていると、遅れてやってきた幸次郎が菓子を出した。

敏蔵が訊いた。

「これは」

黒い漆の皿に載せたのは、小ぶりの「白羊羹」が三切。それぞれ、趣を変えてある。

晴太郎は、答えた。

「白羊羹三種にございます」

「儂は、先日の『白羊羹』を所望したはずだが」

訊ねた敏蔵は、気を悪くした風ではない。ほっとして、晴太郎は伝えた。

「はい。先日と同じ『白羊羹』は左の一切れでございます」

「他の二切れは」

「真ん中は、手前の父、先代百瀬屋清右衛門が手掛けたら、こうなるだろうという品でございます。右は、『藍千堂』としてつくらせていただいた品でございます」

「ふむ。左が当代『百瀬屋』、中が先代『百瀬屋』、右が『藍千堂』という訳か」

左は、先日『百瀬屋』でつくったものとほぼ同じだ。清右衛門叔父であれば、少しくらい長く置いても質が変わらぬよう気遣った筈だから、寒天で硬めにしっかりと固めた。叔父は、棹ものを切り分ける時、刃の熱で角が鈍くなるのを嫌っていた。だから冷えた包丁で、ただ真っ直ぐ、素朴を心掛けて刃を入れる。包丁の跡が微かに残るのが、叔父の白羊羹だ。

砂糖は、勿論『伊勢屋』の三盆白、唐ものだ。当代『百瀬屋』の味とは違ってしまうが、これればかりは譲れない。

真ん中の白羊羹は、白大角豆を多めに使い、優しい歯触りにした。父の味なら、きっとこうだ。父は、角よりも切り口の美しさに拘っていた。熱した刃をゆっくりと落として出来た切り口は、滑らかな艶を放っている。

仕上げに、紅羊羹を薄く切り、桜の花びらの形に抜いたものを上に散らした。花びらごとに薄さを変え、紅の濃淡を出した。

先日『百瀬屋』で、「先代なら、松葉の形に抜いた羊羹を乗せる」と晴太郎は言ったが、もう桜の季節だ。松葉はない。

季節を取り入れることを大切にしていた父を想い出しながらの作業は、父と共につくっているようで、大層楽しく、そして少し寂しかった。

三つ目、右が「晴太郎の白羊羹」だ。

晴太郎は、寒天の量を減らし、水気を増やして、切り分けた時にぎりぎり形を保つくらいの柔らかさに仕上げた。

黒文字《くろもじ》を入れると、ぽふん、と軽く弾きながら柔らかく刃が入っていく手触りが、楽しい。

味が薄くならないよう、白大角豆と三盆白の量にも気を付けた。

そして、『百瀬屋』で職人達に言った通り、甘く柔らかく煮た小豆を一切れに数粒、種に沈めた。

水気の多い寒天と煮た小豆、趣の異なる柔らかさを味わって欲しい品だ。

まず敏蔵が、左から順に、功之介が兄に倣うように、白羊羹を口に入れた。

敏蔵は、淡々として、どれを食べても顔つきが変わらない。

功之介は、甘い物好きなのか、一口めで顔が綻《ほころ》んだが、はっとして仏頂面に戻った。

黒文字の手が止まらないから、気に入ってくれたのだとは思う。

兄弟ともに三切れの白羊羹を平らげ、敏蔵は「馳走になった」と言った。

敏蔵が、腕を組む。

「趣が違うとはいえ、同じ白羊羹を三種並べたは、なんとか儂の好みに合わせ、阿《おもね》ろうという魂胆か。なんともさもしいものよ」

幸次郎の気配が、ぴり、と殺気立った。

目で弟を抑えてから、敏蔵に向かう。

辛辣《しんらつ》な言葉を投げつけながら、敏蔵の気配は世間話に興じているかのように、穏やかだ。晴太郎を見る瞳の色には、僅かな嘲《あざけ》りも、敵意も、浮かんでいない。

試されている。

晴太郎は察した。

「御気に障りましたら、お許しください。高見様におかれましては、手前共と『百瀬屋』の因縁をご承知でいらっしゃいますでしょうか」

「うむ。聞いておる。我ら武家にとって、跡目争いなぞありふれた話。『百瀬屋』を退けるまでもない。それが、いかがした」

「はい。手前の父と当代清右衛門、手前は、かつて同じ店で菓子をつくっておりました。共に楽しく幸せなひと時でございました。今でも生きて、健やかで、袂《たもと》を別つことなく、共に菓子をつくっていられたら、と考える時がございます。父も叔父も、きっと高見様の白羊羹をつくりたがったでしょう。その願いを、勝手ながら手前が、叶えさせて頂きました。また、奇をてらったものに限らず、菓子には驚きが隠れております。高見様のお好みを改めてお確かめになる一助になりましたら、と」

小さな間をおいて、敏蔵は「そうか」と呟いた。ところで、と続ける。

「たびたび、『百代桜』と聞こえて来たが、菓子の名か」

「左様にございます」

「奇をてらった菓子で、客を寄せておるのか」

晴太郎は、一度ゆっくり目を閉じてから、敏蔵を見た。

「『百代桜』は、父が考えていた菓子を、手前と茂市で引き継いだものです。誂え菓子よりも気軽に買え、四文菓子より贅沢を味わえる。そんな菓子がつくりたいと、父は考えていたようです。父の想いを知る前から、手前もそう願い、工夫を重ねて参りました。弟が上手く商いになるよう差配してくれましたので、世に出すことも叶いました。ですから、奇をてらった、と言われればそうなのかもしれません。本来なら、上菓子を扱う菓子司が扱うようなものではありませんので」

「誂え菓子より気楽に、四文菓子より贅沢を、か」

噛み締めるような敏蔵の呟きに、想いが通じたのかと、なんだか嬉しくなった。

束の間気を抜いた途端、射貫くような視線が、晴太郎の眼を捕えた。

「今ひとつ。主兄弟を、職人が『坊ちゃま』と呼んでおった。つまりは、主と認めておらぬのだろう。その職人を咎めぬ主もまた、主の器にあらずと示しておるととれるが、いかに」

菓子のことなら、堂々としていられるし、いくらでも話をすることができる。

だが、茂市を巻き込まれ、晴太郎は束の間狼狽えた。

ぎゅ、と下腹に力を入れ、自らに言い聞かせる。

負けるものか。

ここで負けたら、茂市っつあんに、二度と「晴坊ちゃま」と呼んで貰えなくなる。そんなことは、御免だ。

「店の職人、茂市が、私と弟を『坊ちゃま』と呼ぶのは、理由《わけ》があります」

「聞こう」

「先ほど、今でも、父と共に菓子づくりができたら、と申し上げました」

「うむ」

茂市とも幸次郎とも話したことはなかった。けれどきっと、二人とも晴太郎と同じ想いだ。幸せだった頃の呼び名を使って、想い出をなぞるだけではない、「今」を生きるための願い。

「それは、父が『百瀬屋』を興した時から共にあった茂市とあの世の父も、同じにございます。むしろ共に菓子づくりをした時が長かった分、二人の想いは強いことでしょう。手前も弟も茂市も、この『藍千堂』に父の居場所をつくりとうございました。父があの世からいつでも、菓子をつくりにやってこられるよう。手前共をいつでも見守って貰えるよう」

「父御《ててご》が健勝だった頃の様に呼び合うことが、父御の居場所だと、申すか」

「左様にございます」

「あの世へ旅立った者にいつまでも頼っていては、前に進めぬぞ」

晴太郎は、小さく笑った。

とても優しく穏やかで、明るかった父。時折、母に叱られていた。

でも菓子に関しては、穏やかな佇まいのまま、大層厳しく、頑固になった。

「困ったことに、生前も今も、父はちっとも頼らせてくれません」

また、小さな間の後に、そうか、という呟きが続いた。

それから、敏蔵は「功之介」と、弟を呼んだ。

「得心が、いったか」

功之介は、迷うように視線をさ迷わせたが、すぐに「はい」と応じた。

「兄上、申し訳ございませんでした」

「詫びる先は、儂ではなかろう」

兄に促され、しぶしぶ、といった体《てい》で功之介が晴太郎に向かった。

「あの――」

晴太郎の問い掛けを遮るように、功之介が頭を下げた。

「大人げない真似をした。許せ」

晴太郎は仰天した。

「あ、あの、どうか、頭をお上げください」

胡坐《あぐら》を掻いた膝頭《ひざがしら》に手を付き、身体を前へ倒した詫びの格好のまま、功之介は顔だけ上げた。

「許してくれるか」

何が何だか、分からない。

「高見様、あの、これは一体」

敏蔵が答える。

「うむ。実は我らは、お主に詫びに参ったのだ」

びっくり仰天だ。


敏蔵の話は、こうだ。

松沢家の仲立ちで岡から話を聞かされ、敏蔵はすぐさま、『藍千堂』へ詫びを入れるよう、弟を諭した。

だが功之介は、得心した様子がない。

――兄上の面目を潰したのですぞ。兄上が許しても、某《それがし》は許しませぬ。

挙句、勝手な憶測で『藍千堂』を貶めるようなことを、まくし立て始めた。

いくら窘めても、厳しく叱っても、折れない。

功之介は、敏蔵のことになると頑なで近視《ちかめ》になる、困ったところがある。

敏蔵が、歳の離れた弟を、つい甘やかしたのも悪かったのかもしれぬ。

これは、藍千堂に語らせて、功之介が思い込んでいるろくでもない幻影を、ひとつひとつ、潰していくしかない。

だが、功之介に任せれば、「兄上の面目を潰した」方へ、すぐに話が逸れるだろう。

だから、功之介の言い分を、敢えてそのまま敏蔵が晴太郎にぶつけたという訳だ。

敏蔵が、晴太郎に向かった。

「弟に得心させるためとはいえ、お主には理不尽なことを申した。許せ」

とんでもない、と言いかけた晴太郎を、幸次郎が止めた。

「ご無礼を承知で伺います。功之介様は、手前共について、本当に得心いただいたのでございましょうか」

功之介が、幸次郎に身を乗り出した。

「無論だ」

敏蔵が渋い顔をした。

「そもそも、この騒動は儂の見識不足が元だ。面目うんぬんは『藍千堂』にはまったく、関わりのなきこと。見当違いの憤りよ。それに、顔つきからして、弟は先刻の白羊羹を一口食べた時、すでに自分の過ちに気づいていたのだろう」

功之介が、悪びれもせずに応じた。

「は。美味にござりました」

やれやれ、という風に、敏蔵は肩を落とし、幸次郎へ確かめた。

「得心いたしたか」

幸次郎が、深々と頭を下げた。

「はい。ご無礼をお許しください」

「よい」

鷹揚に頷いてから、敏蔵は再び晴太郎へ向かった。

「藍千堂。改めてお主に、訊きたいことがある」

「何でございましょう」

「先刻は、『跡目争いなぞありふれた話』だと言ったが、儂とて思うことはある。父御は、さぞ無念だろう。清右衛門の商いが、褒められたものではなかったことも、承知している。藍千堂、お主、叔父を恨んではおらぬか」

「恨んでおりません」

すぐに、答えは出た。

「誠か」

腹の底を見透かすような敏蔵の強い視線に、今更ながら、じわりと嫌な汗が背中を伝った。晴太郎は、再び答えた。

「誠にございます。ただ――」

「兄さん」

何を言おうとしたか察したらしい幸次郎が、晴太郎を止めた。

幸次郎は、案じているのだ。

敏蔵は、清右衛門叔父のやり様を承知で、茶会の菓子づくりを任せていた。それだけ菓子の味を買っていた、ということだろう。その叔父を責めるようなことを口にすれば、敏蔵の不興を買うかもしれない、と。

だが、晴太郎は言わずにはいられなかった。

敏蔵が、晴太郎を促した。

「よい。申してみよ」

「ただ、手前と叔父の間で板挟みになった従妹《いとこ》が、不憫でございました。また先頃、叔父の買った恨みを従妹が一身に受け、後始末に奔走いたしました。叔父の病のためとはいえ、二親は一人娘を置いて『百瀬屋』を去りました。そのことに関しましては、手前は叔父夫婦を許せずにおります」

「子が親に尽くすのは、当たり前のことよ」

「頼れる者が、僅かな奉公人と一度袂を別った手前共従兄《いとこ》の他におらぬ娘です。『百瀬屋』の身代と商い、父母の不始末の尻ぬぐい。本当に、その身ひとつに抱えるのが当たり前の、重荷でございましょうか」

敏蔵が、ぐ、と眉根を寄せた。

腰を浮かせかけた功之介を、視線を向けただけで、大人しくさせる。

ふ、と敏蔵が面を和ませた。

「藍千堂の申すことが、正しい」

晴太郎は、唇を湿らせ、更に訴えた。

「今、傾いた『百瀬屋』を立て直すべく、従妹が力を尽くしております。真っ直ぐで、芯の強い女子でございます。総領娘の、いえ、女主《おんなあるじ》の器量も覚悟も備えております。どうか、変わらぬご贔屓をお願いできませんでしょうか。勿論、今の『百瀬屋』の菓子が、高見様のお口に合いましたらということで、結構でございます」

敏蔵が、空になった漆の皿を見遣った。

名残惜しそうに見えるのは、そうであればいいという、晴太郎の思い込みだろうか。

皿に視線を当てたまま、敏蔵は言った。

「やはり、儂には『百瀬屋』の菓子が似合いだ」

晴太郎は、頭を垂れることで、その言葉に応じた。

自分もそう思う、と。

敏蔵が好む、飾り気のなさと真っ正直さは、かつて、父と共にあった頃の清右衛門叔父の心の有り様、菓子の有り様と重なる。

叔父が歪《ゆが》んでしまっても、砂糖が変わっても、叔父のつくる菓子は、どこかでその有り様を保っていたのかもしれない。

だからこそ、敏蔵は『百瀬屋』の菓子を好んだ。

店をお糸が仕切るようになって、これから『百瀬屋』の味は、変わっていくだろう。

それでも、飾り気のなさと真っ正直さを、きっとお糸は守り続ける。

いつ食べても変わらぬ、安心できる味。自らを消し、ただ食べる者へ寄り添う、静かな味。

きっと敏蔵は、これからも『百瀬屋』を選んでくれる。

ああ、『百瀬屋』は、随分自分と父から、離れてしまったのだな。

ふいに、寂しさが晴太郎を襲った。

「だが――」

敏蔵が、『藍千堂』へ来て初めて、微かに笑んだ。

「お主の白羊羹は、大層旨かった」

はっとした。

敏蔵が、ふと遠い目になって、続けた。

「父御の菓子は、当人がつくったものを食べてみたかったの。息子が自らの味を探し出しておることを、さぞ誇らしく思っているであろう」

熱い塊が、胸の奥からせり上がってきて、晴太郎は俯いた。

声が上擦らないよう、気を付けながら、なんとか、

「恐れ入ります」

とだけ応じた。

「『百瀬屋』のことは、これからも気に掛けよう」

「ありがとうございます」

勢い込んだ礼は、みっともなく裏返った。

くすりと、敏蔵が小さく笑って、立ち上がった。

「功之介、暇《いとま》を致そう」

総左衛門、幸次郎と共に店の外まで見送り、店へ戻った途端、腰が砕けた。

幸次郎が助け起こしてくれたが、まともに歩けそうにない。

見上げると、総左衛門の呆れ顔と、目が合った。

「随分と頼もしくなったと、褒めようと思ったんだが、止めておくよ」

冷ややかな物言いが、耳に痛かった。

高見兄弟の訪いから五日。一昨日から、「百代桜」を売り始めたので、目の回る忙しさが『藍千堂』に戻った。

勝手口から帰って来た幸次郎が、店の様子を窺いながら、晴太郎の側《そば》で囁いた。

「塩を撒いて、追い返しましょうか」

「幸次郎」

晴太郎は、痛むこめかみを押さえながら、幸次郎を窘めた。

店で、「百代桜」の客が途切れた隙を狙ったようにやって来た客の相手をしているのは、茂市だ。

茂市に、どれほど「茂市の煉羊羹」が旨いかを熱く語っている客は、高見功之介だ。

先日、土産に「茂市の煉羊羹」を渡したところ、甚《いた》く気に入ったらしい。

晴太郎は、小さく笑って幸次郎に囁いた。

「有難いじゃないか。茂市っつあんの贔屓客が、またひとり増えた」

幸次郎が、言い返す。

「久利庵先生と張り合い出しそうで、私は恐ろしいです」

それは、確かに怖い。

「兄さん」

幸次郎が、真摯《しんし》な目で、晴太郎を呼んだ。

「何だい」

「吹っ切れたように見えますが、分かったんですか。『おいしい』とは、何か」

ああ、と晴太郎は笑った。

「分からないままだよ」

幸次郎が、晴太郎を見つめている。

晴太郎は、続けた。

「『分からない』と悩むことを、とりあえず止めた。ゆっくり、探すさ。茂市っつあんも、菓子職人は、『おいしい』とは何かを、一生追い求めるもんだって」

「そうですか」

あっさり応じた弟に、「うん」と頷き返す。

功之介は、「茂市の煉羊羹」を手に、ようやく帰って行ったのだろう。少しげんなりした顔で戻って来た茂市に、声を掛ける。

「さて、佐菜がおさちを連れて店に来るまで、まだ時がある。もう少し『百代桜』をつくっておこうか」

途端に、茂市の顔が輝いた。菓子づくりが、余程楽しいらしい。晴太郎と同じだ。

「へぇ、坊ちゃま」

「今日は、注文分がとりわけ多いですから、しっかりお願いします」

晴太郎は、容赦のない弟をちろりとねめつけた。

「分かってるよ」

いい色に仕上がっている紫蘇《しそ》の白餡に、茂市が刻んだ桜の葉の寒天を混ぜながら、晴太郎は勝手口から土間へ差し込む温かな日差しを、見遣った。

「今年は、みんなで少しくらい、花見がしたいなあ」

そんな暇はない、と幸次郎に叱られるかと思いきや、弟は、

「いいですね」

と応じた。

茂市と二人、まじまじと幸次郎を見る。

「何ですか」

訊いた弟に、晴太郎は答えた。

「いや、甘い雨でも降るのかと」

ふい、と幸次郎が明後日の方を向いた。

「『百代桜』の注文分が少ない時、その日にお売りする分を捌いた後なら、早めに店を閉めて出かけられそうだ、と思っただけです」

「やった。茂市っつあん、花見だ」

晴太郎は、茂市に向かって囁いた。

茂市は必死で笑いを堪えている。

「ごめん下さいな」

店先から、馴染み客の声が届いた。

「はい、只今」

幸次郎が店へ向かった。

「とと様、もいっちゃん、お昼ご飯ですよぉ」

さちの弾んだ声が、勝手から晴太郎と茂市を呼んだ。

「お内儀さん、おさち嬢ちゃま、おいでなせぇ」

茂市が、ふにゃりと顔を緩めて、勝手へ向かった。

本当に、今年こそ、皆で花見をしよう。

お糸も誘おう。久利庵先生、伊勢屋の小父《おじ》さんは、来てくれるだろうか。

晴太郎は、大切な人達の声に耳を傾けながら、菓子篦《かしべら》を手にした。

この作品は「文春文庫」のために書き下ろされたものです。

ＤＴＰ制作　エヴリ・シンク

文春文庫

想《おも》い出《だ》すのは
藍千堂《あいせんどう》菓《か》子《し》噺《ばなし》

定価はカバーに表示してあります

2022年7月10日　第1刷

著　者　田《た》牧《まき》大《やま》和《と》
発行者　花田朋子
発行所　株式会社　文藝春秋

東京都千代田区紀尾井町3-23　〒102-8008
TEL　03・3265・1211㈹
文藝春秋ホームページ　http://www.bunshun.co.jp

落丁、乱丁本は、お手数ですが小社製作部宛お送り下さい。送料小社負担でお取替致します。

印刷製本・凸版印刷

Printed in Japan
ISBN978-4-16-791907-8

（　）内は解説者。品切の節はご容赦下さい。

高橋克彦
鬼九郎孤月剣
舫鬼九郎4

父との対面を果たすため、九郎は仲間たちと京に向かう。だが九郎の存在を厭う父の命を受けた風魔衆が、次々と一行に襲いかかる。鬼九郎の運命は？　シリーズ完結編。（西上心太）

た-26-22

田中芳樹
蘭陵王

あまりの美貌ゆえに仮面をつけて戦場に出た中国史上屈指の勇将、高長恭（蘭陵王）。崩れかけた国を一人で支えながら暗君にうとまれ悲劇的な死をとげた名将の鮮烈な生涯。（仁木英之）

た-83-1

高橋由太
猫はおしまい

江戸に連続する凄惨な「手首斬り」殺人。事件を目撃した同心・平四郎が犯人に狙われている？　案じた飼い猫の仕事人まるがとった策とは――人気時代小説シリーズ、感動の最終巻。

た-93-5

高殿　円
剣と紅
戦国の女領主・井伊直虎

徳川四天王・井伊直政の養母にして、遠州錯乱の時代に一命を賭して井伊家を守り抜いた傑女。二〇一七年NHK大河ドラマにもなった井伊直虎の、比類なき激動の人生！（末國善己）

た-95-1

高殿　円
主君
井伊の赤鬼・直政伝

お前の〝主君〟はだれだ？　井伊家再興の星として出世階段を駆け上る井伊直政。命知らずの直政に振り回されながら傍で見守り続けた木俣守勝の目からその生涯を描く。（小林直己）

た-95-2

田牧大和
甘いもんでもおひとつ
藍千堂菓子噺

菓子職人の兄・晴太郎と商才に長けた弟・幸次郎。次々と降りかかる難問奇問に、知恵と工夫と駆け引きで和菓子屋を切り盛りする。和菓子を通じて、江戸の四季と人情を描く。（大矢博子）

た-98-1

田牧大和
晴れの日には
藍千堂菓子噺

菓子バカの晴太郎が恋をした!?　ところが惚れた相手の元夫は、奉行所を牛耳る大悪党。前途多難な恋の行方に不穏な影が忍び寄る。著者オリジナルの和菓子にもほっこり。（姜　尚美）

た-98-2

（　）内は解説者。品切の節はご容赦下さい。

千野隆司
出世商人《しゅっせあきんど》（一）
急逝した父が遺したのは、借財まみれの小さな艾屋《もぐさや》だった。跡を継ぎ、再建を志した文吉だったが、そこには商人としての大きな壁が待ち受けていた!? 書き下ろし新シリーズ第一弾。
ち-10-1

千野隆司
出世商人（二）
借財を遺し急逝した父の店を守る為、新薬の販売に奔走する文吉。しかし、その薬の効能の良さを知る商売敵から、悪辣な妨害が……。文吉は立派な商人になれるのか。シリーズ第二弾。
ち-10-2

津本　陽
薩南示現流《じげん》
勇猛とおそれられた示現流開祖・東郷重位の妥協を許さぬ一生を描いた表題作ほか、示現流達人たちの太刀風を骨太に綴った剣豪小説集。〝不敗の剣法〟示現流ここにあり。（武蔵野次郎）
つ-4-56

津本　陽
信長影絵（上下）
すべては母に疎まれたことから始まった――。渇いた心が信長を天下統一に駆り立てた。『下天は夢か』から四半世紀、より深い人間解釈で描かれた、津本文学の集大成。（末國善己）
つ-4-70

津本　陽
剣豪夜話
剣道三段、抜刀道五段の著者が描く武人の魂。歴史に名を刻んだ剣豪、現代に生きる伝説的な武人。その壮絶な技と人生を通じて、日本人の武とは何かを考える、著者最後となる一冊。
つ-4-72

月村了衛
コルトＭ１８５１残月
懐に隠した最新式コルト拳銃。それが江戸の暗黒街の幹部・郎次の切り札だ。卑劣な裏切りで組織を追われた彼は銃を手に復讐を誓う。第17回大藪春彦賞受賞の大江戸ノワール。（馳　星周）
つ-22-1

恒川光太郎
金色機械
時は江戸。謎の存在「金色様」をめぐって禍事が連鎖する――。人間の善悪を問うた前代未聞のネオ江戸ファンタジー。第67回日本推理作家協会賞受賞作。（東　えりか）
つ-23-1

（　）内は解説者。品切の節はご容赦下さい。

鳥羽 亮
八丁堀「鬼彦組」激闘篇 蟷螂《かまきり》の男
ある夜、得体のしれない賊に襲われ殺された材木問屋の主人の遺体に残された傷跡は、鬼彦組の面々が未だ経験したことのない形状だった。かつてない難敵が北町奉行所に襲いかかる！

と-26-14

鳥羽 亮
八丁堀「鬼彦組」激闘篇 奇怪な賊
大店に賊が押し入り番頭が殺され、大金が盗まれた。中からは厳重に戸締りされていて、完全密室状態だった。そしてまた別の店が——一体どうやって忍び込んだのか！　奴らは何者か？

と-26-15

鳥羽 亮
八丁堀「鬼彦組」激闘篇 福を呼ぶ賊
福猫小僧なる独り働きの盗人が、大店に忍び込み、挨拶代わりに招き猫の絵を置いていくという事件が立て続けに起きた。被害にあった店は以前より商売繁盛となるというのだが……。

と-26-16

鳥羽 亮
八丁堀「鬼彦組」激闘篇 強奪
日本橋の薬種問屋に盗賊が入った。被害はおよそ千二百両ほど。ところが翌朝その盗賊たちが遺体で発見された。一体何が起きたのか？　仲間割れか？　鬼彦組に探索の命が下った。

と-26-17

土橋章宏
チャップリン暗殺指令
昭和七年（一九三二年）、青年将校たちが中心となり首相暗殺などクーデターを画策。陸軍士官候補生の新吉は、来日中の喜劇王・チャップリンの殺害を命じられた——。傑作歴史長編。

と-33-1

永井路子
炎環
辺境であった東国にひとつの灯がともった。源頼朝の挙兵、それはまたたくまに関東の野をおおい、鎌倉幕府が成立した。武士たちの情熱と野望を描く、直木賞受賞の名作。（進藤純孝）
な-2-50

永井路子
山霧 毛利元就の妻 （上下）
中国地方の大内、尼子といった大勢力のはざまで苦闘する元就の許に、鬼吉川の娘が輿入れしてきた。明るい妻に励まされながら戦国乱世を生き抜く武将を描く歴史長編。（清原康正）
な-2-52

（　）内は解説者。品切の節はご容赦下さい。

永井路子
北条政子
伊豆の豪族北条時政の娘・政子は流人源頼朝に恋をする。源平の合戦、鎌倉幕府成立。御台所となり実子・頼家や実朝、北条一族、有力御家人の間で乱世を生きた女を描く歴史長編。（大矢博子）
な-2-55

中村彰彦
二つの山河
大正初め、徳島のドイツ人俘虜収容所で例のない寛容な処遇がなされ、日本人市民と俘虜との交歓が実現した。所長こそサムライと称えられた会津人の生涯を描く直木賞受賞作。（山内昌之）
な-29-3

中村彰彦
名君の碑　保科正之の生涯
二代将軍秀忠の庶子として非運の生を受けながら、足るを知り、傲ることなく、兄である三代将軍家光を陰に陽に支え続け、清らかにこの世に身を処した会津藩主の生涯を描く。（山内昌之）
な-29-5

新田次郎
武田信玄　（全四冊）
父・信虎を追放し、甲斐の国主となった信玄は天下統一を夢みる（風の巻）。信州に出た信玄は上杉謙信と川中島で戦う（林の巻）。長男・義信の離反（火の巻）。上洛の途上に死す（山の巻）。
に-1-30

新田次郎
怒る富士　（上下）
宝永の大噴火で山の形が一変した富士山。噴火の被害は甚大で、被災農民たちの救済策こそ急がれた。奔走する関東郡代の前に立ちはだかる幕府官僚たち。歴史災害小説の白眉。（島内景二）
に-1-36

新田次郎
槍ヶ岳開山
妻殺しの罪を償うため国を捨て、厳しい修行を自らに科した修行僧・播隆。前人未踏の岩峰・槍ヶ岳の初登攀に成功した男の苛烈な生き様を描いた長篇伝記小説。「取材ノートより」を併録。
に-1-38

葉室　麟
銀漢の賦
江戸中期、西国の小藩で同じ道場に通った少年二人。不名誉な死を遂げた父を持つ藩士・源五の友は、名家老に出世していた。彼の窮地を救うために源五は……。松本清張賞受賞作。（島内景二）
は-36-1